낯선 곳에서 굿모닝

낯선 곳에서 굿모닝

신미정 지음

● 어쩌면
당신이 꿈꾸었던
여행의 순간들

BOOKERS

이 시대의 여행, 여행의 쓸모

흔들리고 위태로운 순간, 여기만 아니면 좋겠다고 느낄 때 나는 여행을 택했다.

떠나기만 하면 그곳에서 위대한 발견이라도 할 수 있을 줄 알았다거나, 지긋지긋한 일상에서 멀어지면 영화 같은 에피소드가 펼쳐질 거라 기대한건 아니다. 그러기엔 나는 너무 컸고, 제법 닳았다. 떠나도 여전히 모르겠더라. 여기서도 거기서도 나는 변함 없이 서툴더라. 누군가의 여행기는 완벽한 레시피로 잘 구워낸 마들렌마냥 폭신하고 달콤하던데, 내 여행은 싱겁거나 짜거나 탔거나 설익었다. 심심치는 않아서 다행이지 뭐.

여행은 나를 구할 수 없어도 나는 여행을 놓을 수 없다. 낯선 곳에서, 이방인이여만 느낄 수 있는 사소하고도 유의미한 것들이 좋아서 나는 자꾸만 짐을 꾸리나보다.

그리고 어느 날 우리는 여행을 빼앗겼다. 코로나 19라는 전례 없는 상황을 경험한 인류에게 선택지는 없었다. 행동반경을 최소화하는 것이 최선의 대응책. 자그마한 내 방에서 모니터나 휴대폰 화면 너머로 들려오는 세계의 소식을 접하며 팬데믹 이전의 여행을 추억해보는 것, 도무지 끝날 것 같지 않은 이 상황을 그래도 낙관하며 이후의 여행을 계획해보는 것. 지질한 시간들이었다.

마스크를 쓴 채 생활하는 것이 익숙해질 즈음의 어느 날, 태국의 중부 도시 롭부리에서 원숭이 수천마리가 도심을 점령하고 패싸움을 벌였다는 뉴스를 보게 되었다. 코로나 여파로 관광객이 급감한 탓에 관광객들로부터 먹이를 얻지 못하게 된 원숭이들이 싸움을 벌이고 마을로 내려와 상점과 주민들을 공격하게 되었다는 거였다. 여행의 자유를 빼앗긴 사람들과 생존의 기로에 선 동물들, 잠시 또 아찔해진다.

어디 원숭이뿐이겠어. 여행자들을 맞는 것으로 생업을 이어갔던 사람들과 세상의 모든 생명이라 이름 붙인 것들, 모두 잘 있을까. 내가 스쳐갔던 곳들과 내가 스쳐갔던 사람들의 안녕을 궁금해하는 하루하루가 모여 오늘이 되었다.

그리고 다시 시작된 여행. 4년 만에 짱구를 여행하며 이전에 구글맵에 저장해뒀던 곳들이 '폐업' 혹은 '임시휴업'인 걸 보고 '아, 우리 전부 이렇게 힘들었구나' 싶어 조금 속상하더라. 그래도 곳곳이 새 단장을 위해 작업 중인걸 보고 다행이다 싶기도 하고. 팬데믹을 경험한 인류는 언제 그랬냐는 듯 또 일상을 살아낸다. 여행을 떠나고 여행객을 맞고.

무겁지 않은 캐리어를 부치고 나니, 비로소 나의 여행이 또 한 번 시작됐음이 실감난다. 이번 여행을 다녀오면, 오래도록 다음 여행이 간절해지지 않기를 바라본다. 게이트를 향해 걸어가는 기분이 꽤 근사하다.

때로는 엉망진창이지만 한없이 무해한 여행의 찰나를 당신과 나눠본다. 오늘부터 또 다시 나는, 여행자다.

contents ──────────────────────────────────

Prologue 이 시대의 여행, 여행의 쓸모 • 4

비행기 타고 27시간, 지구 반대편을 향해 날고 있어 • 10

한여름의 크리스마스 • 14

비우러 가는 여행, 오롯이 요가 • 18

어쩌면 당신의 버킷리스트였을지도, 우유니 소금사막 • 22

악마의 목구멍 • 26

해 보려고 어디까지 해봤니? • 30

체스키에서 달리는 아침 • 34

도무지 단점이 없다, 혼자 여행 • 38

사막과 오아시스 • 42

호모 비아토르: 걷는 사람, 1박 2일 껠로 트레킹 • 46

게으름이 의무, 치앙마이 한 달 살기 • 50

소매치기와 아이폰 • 54

무교인의 힌두사원 • 60

동틀 때 귀가하기 • 64

행복은 버터순 • 68

우리의 결혼을 축하해 • 74

어릴 적부터 유럽에서 살아보고 싶었어 • 80

알람 없이 일어나기 • 86

여행지의 냄새 • 90

여행은 살아보는 거야? 일단 체크인부터 좀 • 92

토르티야 위의 작은 세상, 타코트립 • 100

미얀마의 공기놀이 • 104

축제의 끝, 브라질 삼바카니발 • 108

오픈카를 타고 달리는 72번국도 • 112

마드리드 스케치드로잉 • 116

고산병입니다만 • 122

낮에도 핫한 비치클럽에서의 하루 • 128

여행자의 마을, 자본주의의 맛 • 130

와인, 그리고 도시의 맛 • 134

납작복숭아가 대수 • 138

영원히 잊지 못할 체험 넘버원, 스카이다이빙 • 144

절벽 위의 하룻밤, 론다 • 148

컬러풀시티, 과나후아토 • 152

이것이 인도네시아 스타일 화보 찍기 • 156

엄마의 제주도 한 달 살기 • 158

부에노스아이레스, 좋은 공기 • 164

춤으로 하겠습니다 • 168

반려동물과 여행하기 • 174

생각보다 먼 • 178

세상의 끝 밟아보기 • 182

아파도 아파하질 못하고 • 186

별의 도시, 히피들의 축제 샴발라 • 190

여행지에서 배달음식을 먹다가 • 194

할슈타트에서 태풍을 만나면 • 196

플리마켓에서 득템하기 • 200

호텔리조트에서 한 발짝도 나가지 않기 • 204

빙하 조각에 위스키 한 잔 • 208

날카로운 첫 해외여행의 추억 • 212

스물여섯의 빠이 • 216

현지에서 중고거래하기 • 218

세탁소에서 빨랫감을 찾으며 시작하는 하루 • 222

7만 원으로 세계여행 중입니다 • 226

한 달 차의 소회 • 232

레벨업은 무리였어, 서핑스쿨 • 234

선라이즈 없는 선라이즈 패들보드 • 238

나를 비우는 시간, 템플스테이 • 244

걸어서 국경 넘기 • 248

경운기 타고 공항가기 • 252

인스타그램이 뭐기에, 발가락 골절 발리스윙 • 256

개밥바라기별과 무에타이 클래스 • 260

중2병과 화양연화, 영화 따라가는 여행 • 264

미술관을 즐기는 방법 • 268

모스크바 감금기 • 270

프리다 칼로는 디에고 리베라를 • 276

길리에서 자전거 한바퀴, 사마사마 • 280

Epilogue 여행은 살아보듯, 삶은 여행하듯 • 286

비행기 타고
27시간
지구 반대편을 향해
날고 있어

회사를 그만뒀다. 실컷 늦잠을 자고 최선을 다해 게을러져야지. 먹고 자고 뒹굴고 나태해질 거야. 퇴사자의 패기 어린 다짐. 마음껏 허송하고 젊음을 낭비하며 무쓸모함의 가치로움을 만끽하고 싶었지만, 뭐든 '열심'이지 않으면 안 될 것만 같은 병에 걸려버린 내게는 너무 어려운 일이었다. 속절없이 시간만 휘리릭 흘러간다. 적게 일하고 많이 버는 행복한 프리랜서가 될 줄 알았는데 안 바빠도 너무 안 바빠서 슬슬 불안해지기 시작한다.

에라이, 이럴 바엔 여행이라도 가는 게 낫지.
생경한 곳으로 떠나자.
내가 상상할 수 있는 가장 낯선 곳으로의 여행.

'너무 멀대', '위험하대', '조심해야 한대', '영어도 안 통한대'. 모든 낯섦에 대한 경계. 먼저 경험한 자들이 조언이랍시고 하는 애기들에 지레 겁먹을 필요는 없다. 불안과 초조함에 잠식되어버리기 직전이었던 당시의 나는, 여기가 아니면 어디든 좋았다. 멀수록 좋았다. 서울은 꼴도 보기 싫어.

두 달 일정으로 남미 여행을 계획했다. 페루 리마에서 출발해 볼리비아, 칠레, 아르헨티나를 거쳐 브라질 리우데자네이루에서 아웃하는 루트. 두 달이란 시간 내내 촘촘하고 빠듯한 일정이 될 것만 같다. 비자가 필요한 국가의 비자를 발급받고, 황열병 예방접종을 하고, 생존 스페인어를 급하게 암기해본다.

리마까지 비행시간만 27시간. 직항 따윈 없고 미국 댈러스를 경유한다. 자고, 자고, 또 자도 여전히 하늘 위에 있다. 더는 못 버티겠다 싶을 때쯤 댈러스에 도착한다. 퉁퉁 부은 다리와 발을 연신 주무르며 수 시간을 대기하다 겨우 리마행 비행기로 환승. 그렇게 장장 서른 시간 가까이 날아야만 지구 반대편에 도착할 수 있다. 새벽 6시. 리마 공항에 발을 딛는다. 도착과 동시에 이미 엄청난 일을 해낸 기분이다.

'안녕하세요'나 '굿모닝' 대신, '부에노스디아스!'로 시작하는 아침. 집 앞 편의점 맥주 한 캔에도 자연스레 카드를 내밀던 그제 대신, 100페소가 대체 얼마인지를 셈해보며 지갑 속 꾸깃한 지폐를 내미는 오늘. 엘리베이터를 탈까 걸어 올라갈까 고민하게 되는 이촌동 404호 대신, 해발 4000미터에서 가쁜 숨을 뱉으며 움직이는 나날들.

낯익은 사람이라곤 아무리 둘러봐도 보이지 않는다. 시차도 공기도 언어도 날씨도 모두 낯선데, 내 옆의 유일하게 익숙한 너조차 때로 낯설다. 자고 나면 조금 익숙해질까.

부에노스디아스!
우리의 남미 여행을 잘 부탁해.

한여름의
크리스마스

KBO 한국시리즈가 끝나면 겨울이 시작됐구나 싶다. 이제 꼼짝 없이 앞으로 수개월은 봄이 오길 기다리며 숨죽이는 날들이겠다. 몸을 움츠린 만큼 나는 작아진 기분이다. 작열하는 태양 아래 눈부시게 빛나는 여름 무렵의 모든 것은 정말 아름다웠는데…… 이제 축제는 끝났다. 잎을 모조리 떠나보낸 나무는 쓸쓸하고 세상의 채도는 점점 낮아진다. 겨울은 너무 별로다.

기록할만한 성과랄지 만족할만한 성취감 없이 또 이렇게 한 해가 가네. '어려서'라는 핑계를 댈 수 없는 나이가 되고 보니 이맘때쯤 찾아오는 기분이 썩 유쾌하지가 않다. 거리엔 캐럴이 사라졌다. 누가 들을까 소리 죽여 한숨을 내쉬어도 그 뜨거운 응어리가 찬 공기와 부딪치며 선명한 하얀 김이 되는 걸 두 눈으로 확인하게 되는 기분이 또 별로다.

이 잔인한 계절, 없어져 버렸으면 좋겠어.

Bali Ubud

비우러 가는 여행
오롯이 요가

프라카, 레차카 ―

들숨과 날숨에 집중하는 것조차 힘든 날이었다. 떠오르는 해가 너무 경이로웠고 아침볕에 반짝이는 이름 모를 초록들은 내가 호흡을 내뱉을 때마다 채도를 달리했다. 머리카락 끝에 위태로이 매달린 땀방울이 요가매트 위로 '툭' 하고 떨어지는 소리마저 귀에 꽂혔고, 맨 앞줄에서 수련하는 호주여자애가 자꾸 내 시선을 끌었다. 예쁘고 유연한 전사 자세를 힐끔거리느라 중심을 잃고 다리가 부들부들 떨렸다.

이런, 집중하자 집중.

한 번 흐트러진 호흡은 수련시간 내내 불안정했다. 어깨에 잔뜩 힘이 들어가고 나도 모르게 자꾸만 숨을 참게 된다. 오늘 수련은 망했다. 잡념으로 가득한 사바사나. 그래도 나마스떼.

매일 아침 요가수업으로 하루를 시작하는 것이 발리의 주요 루틴이었다. 어떤 날은 초록이 너무 예쁘다는 핑계로, 어떤 날은 불어오는 바람결에 실린 냄새가 간지럽다는 핑계로, 또 어떤 날은 서울에 두고 온 일상이 자꾸만 나를 흔들어서 수련은 종종 산으로 갔다. 그래도 내가 나인 것을 받아들일 수 있었던 발리에서의 요가 시간들은 퍽이나 좋았다고밖에 표현할 길이 없다.

이번 발리 여행은 온전히 요가를 위해 왔어.
요가하고 산책하고 숨을 쉬고 잠을 자고 끼니를 챙기고
그렇게 지내다 돌아갈 거야.

여행 첫날, 다이어리 한켠에 다짐하듯 적어본다. '오롯이 요가'라니 오, 좀 멋있는 것 같기도. 뻣뻣해도 괜찮아. 가끔은 딴생각이 나도 스스로를 미워하지 말자. 흘러가는 대로 흘려보낼 것. 그렇게 하루하루 채운 발리의 날들은 내가 나를 가장 사랑했던 시간이었다.

△▲△

여행자에게 주어지는 여행의 시간은 늘 다르다. 황금연휴를 맞아 귀하게 만든 3박 4일이든, 방학이나 퇴사 혹은 연차를 끌어모아 얻어낸 한 달 이상의 시간이든, 아니면 갑작스럽게 생긴 단 하루라도 좋다. 그 시간을 '여행'으로 채우기로 마음먹었다면, 조금은 특별한 여행이 될 수 있도록 나만의 테마를 만들어보는 건 어떨까. 소소하고 일상적인 것부터 스페셜한 주제까지 뭐든 좋다. '이번 나의 여행은 오롯이 **을 위한 거야!' 이름 붙이는 순간부터 더욱 특별한 여행이 시작될 것이다. 여행은 그 자체만으로도 유의미하지만, 목적이 분명한 여행은 오래도록 잊히지 않는다. 그래서 이번엔 '무얼 하러' 갈까?

어쩌면
당신의 버킷리스트였을지도,
우유니 소금사막

우유니의 달

겨울이 너무 싫어.

회사를 다닐 때 입버릇처럼 하던 말이었다. 해가 미처 뜨기 전에 출근 준비를 시작해서 온종일 회사에 내 황금 같은 하루를 바치고 되돌아 나온 퇴근길은 이미 어둑어둑하다. 시린 손을 입김으로 달래가며, 어두운 밤하늘에 벌써부터 자리 잡은 달을 바라보며 집으로 들어가는 밤. 겨울 퇴근길의 단상이다. 매일 조금씩 몸집의 크기를 바꿔주는 저 달이 대견키도 하고 꽤 예쁘기도 해서 나는 매일 밤 달을 올려다봤다. 조금도 찌그러지지 않고 완벽하게 둥근 채로 빛나는 날이라거나, 아슬아슬 가냘프게 반지처럼 떠있는 날이라거나, 뭐 그렇게 유독 달이 예쁜 날에는 '오늘 달 봤어? 너무 예뻐'라고, 누군가에게든 하늘을 올려다보길 권하곤 했다.

1월의 끝을 향해 가고 있는 어느 날. 우리는 라파즈에서 우유니를 향해 날아가고 있었다. 이제 곧 도착하니 안전벨트를 확인하라는 기장의 안내 멘트에 부스럭대며 자리를 정돈하다 창 너머 달을 마주했다. 와, 저 달, 퇴근길에 봤다면 '오늘 달 봤어? 너무 예뻐'를 외쳤을 게 분명한 모양새로고만.

20시 15분. 여기는 우유니 공항. 사람의 보폭을 0.6미터라 가정했을 때 하늘을 향해 수직으로 6700걸음을 오르면 도달할 수 있는 높이, 해발 4000미터의 땅에 서있다. 세상에, 손톱달이 내 눈높이에서 빛나고 있다. 퇴근길 저기 높은 곳에서 나를 위로해주던 겨울의 달이 오늘 여기, 손 뻗으면 닿을 곳에서 빛나고 있다.

날 올려다보느라 수고했다.
날 예쁘다 해주어 고마웠다.
이렇게 먼 곳까지 오느라 고생했다.
오늘만큼은 애써 고개를 들지 않아도 돼.
너와 나란한 곳에서 빛나 줄 테니.

20시 15분, 손톱달이 찬란한 우유니의 밤. 굳이 애쓰지 않아도 위안을 주는 것들이 있다.

소금사막

경계가 소멸해버린 것 같다. 하늘과 땅 그리고 바다와 우주, 나와 너의 모든 경계가 사라졌다. 원래 바다였던 곳은 사막이 되고, 원래 물이었던 것은 소금이 되었다. 소실점 없이 끝없이 펼쳐진 이 광경을 대체 무어라 해야 할까. 알맞은 형용사를 떠올리기 어렵고 거추장스런 부사도 도움이 되지 않는다.

그러니까 한 7~8년 전쯤이었나 보다. 이름도 생각나지 않는 한 다큐멘터리 프로그램에서 처음 본 그곳. 압도적으로 나를 사로잡은 그곳의 이름은 우유니라고 했다. 그 후로 며칠이나 꿈속에서 나는 그곳을 찾았다. 꿈은 꿈이라서 자체만으로 황홀했지만 깨고 나면 그뿐이었기에, 나는 그곳에 꼭 가야겠다고 다짐했다. 수년간 마음에 품던 곳에 발을 딛는 순간의 경이로움. 꿈에서 본 그곳이다.

입술사이로 새어 나오는 작은 감탄사가 너무나도 소란스럽다. 눈치 없이 자꾸만 깜빡거리는 두 눈이 거추장스럽고 유난스럽다. 벅찬 숨을 고르고 멋대로 쿵쾅대는 심장을 진정시키며 하얀 하늘과 하얀 세상을 보고 또 보았다. 소금호수에 거대한 거울처럼 얕은 물이 찰박거리고 하늘과 땅, 바다와 우주, 나와 너의 모든 것들이 그대로 수면 위로 비춰질 때쯤 나는 너에게 사랑한다고 말하고 싶어졌다. 시작과 끝의 사이, 하늘과 땅의 사이, 육각의 소금결정과 무한의 우주 사이, 경계와 경계의 사이에 우리가 있다.

　심심해. 심심하고 심심해서 참을 수가 없어.

그래. 나는 너를 보기 위해 에둘러 싱겁고 심심한 시간들을 버텨냈나 보다. 눈앞에 끝없이 하얗게 펼쳐진 소금밭에서, 나는 네가 없었던 시간들과 꿈이 없었던 시간들과 얼룩덜룩하거나 흐리멍덩하게 흘려보낸 시간들을 다 덮어버리기로 했다. 각자의 마음에 벅차게 무언가를 채워주느라 우유니는 이다지도 텅 비어있나 보다.

악마의
목구멍

경험해보기 이전에 상상해보는 것들의 실제 혹은 실재. 그것들이 얼마나 현실을 실체와 가깝게, 혹은 터무니없이 다르게 그렸는지를 마주했을 때, 여행의 재미는 그런 데서 온다. 나보다 먼저 그곳을 경험한 사람들이 전하는 말과 글을 바탕으로 그려보는 상상 속의 이구아수. 기껏 해봐야 27인치 모니터를 통해 본 사진이나 영상이 그나마 상상의 현실적인 토대가 되어주지만, 이번만큼은 어림 반 푼어치도 없었다. 내 상상력, 반성하자. 내가 그린 세계는 실존의 1/100도 구현하지 못하고 있었다.

카약 하나로 세계에서 가장 긴 강인 나일강 탐험을 역사상 처음으로 성공한 세계적인 탐험가 존 고다드의 저서 『꿈의 목록』은 어린 시절 내게 그 어느 책이나 영화보다도 큰 영향을 주었더랬다. 그는 무려 열다섯 살 때, 살아가는 동안 꼭 하고 싶은 꿈의 목록 127가지를 써 내려갔다. 1972년, 잡지 『라이프』는 마흔일곱 살이 된 그를 주제로 '한 남자의 후회 없는 삶'이라는 기사를 보도했는데(이 기사로 인해 사상 최고의 판매 부수를 기록하게 됐다고), 당시 그는 이미 104개의 목표를 달성한 상태였고 1980년 우주비행사로 달에 감으로써 126번째 목표까지 달성하게 되었다. 이후로도 수백 개의 꿈을 더 이뤄냈다는 그의 스토리가 어찌 멋지지 않았을까.

아무튼, 그의 버킷리스트 가운데 '사진 찍고 싶은 곳' 목록의 제일 첫 번째로 등장하는 곳이 바로 이구아수 폭포. 열다섯 살의 그가 상상했던 이구아수는 실제의 이구아수와 얼마나 닮아있었을까? 그도 나처럼 이렇게 이구아수에 압도당했을까?

잠시 멍해져서 실재하는 내 앞의 이 세계에 마음껏 빠져본다. 내가 그렸던 상상의 세계는 이미 저만치 사라져버린 지 오래다. 비유와 상징은 사치다. 다른 그 어떤 설명보다도 '악마의 목구멍'(이구아수의 하이라이트, U자형 구조의 가장 큰 폭포)이라는 이름 자체가 이구아수를 가장 잘 표현하고 있는 듯하다.

100미터 아래로 떨어지는 세찬 물살은 나 역시 함께 빨려 들어갈 듯한 아찔함. 초당 6만 톤가량의 폭포가 내뿜는 물보라가 안개처럼 피어오르고, 이 기묘한 풍경은 현실이지만 꿈보다 생경하다. 1분 동안 바라보면 근심이 사라지지만 30분을 보면 영혼을 빼앗긴다고 해서 붙었다는 악마의 목구멍. 미리 알았더라면 1분만 보고 올 수 있었을까? 이때 빼앗긴 내 영혼의 일부가 이구아수 아래 깊숙한 어딘가에서 숨죽이고 있다고 생각하니 그것도 그런대로 꽤 멋지다는 생각이 든다.

어린 고다드가 상상했던 이구아수가 내게로 왔다가 그다음 여행자에게로 갔다가 물보라와 함께 사라진다. 비유와 상징을 허용하지 않는 비현실의 공간. 이구아수가 내 상상의 세계를 삼켜버렸다.

인도네시아 ┃ 발리

해 보려고
어디까지 해봤니?

숙소 앞에서 새벽 2시 30분에 만나.

저녁을 먹는데 휴대폰에서 알림이 울린다. 미리 예약해둔 바투르 선라이즈 투어 가이드로부터 온 확인문자. 이맘때쯤 서울은 몇 시에 해가 뜨더라? 6시인가, 7시인가? 일출시간까지 꼼꼼히 체크하며 살아갈 여유 따윈 없기 때문에 도통 모르겠다. 근데 새벽 2시 반이라니. 내게는 기상시간이라기보다는 취침시간에 가까운 시간. 그럼에도 불구하고 이렇게까지 해야 할 이유는 충분하다. 나는 여행자니까.

저녁식사를 서둘러 마치고 숙소로 향한다. 알람을 새벽2시에 맞춰놓고 잠을 청해보지만, 쉽게 잠이 올 리 없다. 어제오늘 내가 어딜 갔었는지, 무얼 먹었는지, 누굴 만났었는지 떠올려보기도 하고, 남은 일정동안 어딜 갈지, 무얼 먹을지 계획해보다가 스르륵 잠에 든다.

단지 일출을 보기 위해 부지런을 떠는 이벤트는 여행 중에만 가능한 일. 어제 본 그 해, 서울에서 본 그 해, 내일도 또 볼 그 해. 평생을 봐온 해지만 유난스럽고 고생스럽게 찾아가서 보기로 마음먹고 바투르 선라이즈 투어를 신청했다.

현재도 활화산으로 남아있어 유네스코 세계지질공원망(Global Geoparks Network)에 등재됐을 정도로 지질학적 가치가 높은 바투르 산은 언제 가도 멋지지만, 특히 해가 돋을 무렵 정상에서 바라보는 풍경이 장관이란다. 일일트레킹이나 일몰트레킹도 가능하지만, 부지런히 몸을 움직여 일출트레킹을 해야 할 이유다. 정상에서 일출을 보기 위해서는 새벽 2시경에는 출발해야 하고, 쉼 없이 이어지는 가파른 경사를 올라야만 도착할 수 있는 난이도가 제법 있는 트레킹이란 설명을 듣고 투어 예약을 잠시 머뭇거렸지만 '이번 아니면 언제'라는 마음에 기어이 일정에 추가했다.

새카만 밤, 차를 타고 바투르 산 인근에 내려 각자 이마에 헤드랜턴을 쓰고 산을 오르기 시작한다. 듣던 대로 힘들다. 헉헉, 가쁜 숨을 달래며 가이드를 따라 발걸음을 옮긴다. 아, 너무 힘들다. 내가 왜 이 시간에 이 고생을 하고 있을까, 수십 번쯤 중얼거리다 보면 해발 1717미터 정상. 높은 고도 탓에 제법 춥다.

뜬다. 어둠 사이로 붉은 태양이 고개를 들고 세상을 밝힌다. 떠오르는 태양을 응시하며 밝아오는 아침을 온몸으로 맞이하는 순간, 피곤과 올라올 때의 힘듦 따위는 이내 잊혀진다. 발아래로 펼쳐지는 아궁산과 아방산, 린자니산의 풍경에 한 번, 분화구에서 신기루처럼 피어오르는 열기와 용암류들에 또 한 번 놀라고, 기적처럼 오늘도 내게 와준 이 하루에 주책없이 눈물이 난다. 산 등성이 구름언저리 부근부터 분홍빛으로 물들더니 이내 불타오른다.

하루가 시작된다는 걸 두 눈으로 확인하는 순간.
이 별스러운 시간이 좋은 거다. 여행이란.

체스키에서
달리는
아침

말로만 듣던 환전 사기를 당하고, 나보다 한참 어릴 것 같은 남자애들 무리로부터 끈질긴 캣콜링을 당하는 바람에 프라하에 대한 기대감과 여행 의지는 산산조각이 나버렸다. 로맨틱은 고사하고 대체 이 도시는 뭔데 나한테 이러는 거야? 이곳에 내 시간과 돈을 더는 조금도 쓰고 싶지 않다는 마음. 일정을 하루 당겨 체스키 크룸로프로 넘어갔다.

작고 동화 같은 마을이란 수식어는 진짜였다. 울퉁불퉁 돌바닥이야 이미 프라하에서 경험했으니, 밑창이 얇은 신발을 신고 걸으면 지압 효과를 볼 수 있는 거라며 너스레를 떠는 여유도 생겼다. 아, 내일쯤은 꼭 뛰어야 하는데 이 돌바닥에서 조깅이 가능할까? 꼴레뇨, 폭립에 코젤다크(흑맥주), 굴뚝빵……, 어제오늘 먹은 음식들을 헤아려본다.

고백하건대 나는 이십 대 중반부터 꽤 오랫동안 섭식장애를 겪어왔다. 아무도 내게 다이어트를 강요한 적 없으나 나는 계속 마른 몸을 원했다. 스트레스를 받을수록 나는 음식에 집착했고 누구도 보지 않을 때 빵을 폭식하고는 했다. 그러나 이내 후회와 자괴감이 밀려왔고 이에 맞서 내가 할 수 있는 건 목구멍에 손가락을 집어넣어 토해내거나 미친 듯이 운동을 하는 것뿐이었다. 하루에 두 번씩 피트니스센터에 갔고 발목이 상할 때까지 달리고 또 달렸다. 오늘 이렇게 먹었으니 내일은 굶어야지 다짐하며. 하지만 내일도 모레도 반복되는 똑같은 루틴. 부종과 위염, 관절 통증에 시달렸고 생리가 멈췄다. 동료들은 내가 유난스럽다고 했다. 내가 이렇게까지 고통스러워하는 걸 아는 친구나 가족들은 의지만 있으면 이겨낼 수 있을 거라고 했다. 그렇지 않았다. 먹는 것 하나 조절하지 못하는 게 한심했다. 그러다 또 닥치는 대로 입에 넣었다.

병원에 갔고 불안장애 진단을 받았고 한동안 약을 복용했다. 그 무렵 지금의 짝꿍을 만나 연애를 시작했고 아주 조금씩, 정말 조금씩 나아졌(다기보다는 적응했)다. 하지만 여전히 매일 아침 체중계에 올라가고, 잠들기 전 오늘 하루의 섭취 칼로리를 가늠해보며 내일은 또 얼마나 운동을 해야 할까 계산해보는 삶. 절제는 어렵고 매번 탐하고 괴로워하고 후회하는 패턴은 정도의 차이만 있을 뿐 수년째 계속되고 있다.

음식에 대한 집착과 열망, 그리고 운동에 대한 강박이 그 어느 때보다 격렬하게 충돌하는 건 '여행'이다. 이것도 먹고 싶고 저것도 먹고 싶은데(그러면 안 돼!), 어쨌든 다 먹어버렸고(미쳤나 봐), 그럼 다음 끼니는 좀 조절해야 하는데(또 실패네), 이러면 뛰어야 하잖아(아, 짜증나!), 나 내일 아침 뛸 수 있을까? 이런 지긋지긋한 의식의 흐름. 너무 가혹하다.

체스키를 천천히 구경하다가 커다란 공원을 발견한다. 오후의 시티파크는 너무나 평화롭구나. 내일은 여기서 뛸 수 있겠다. 언제 어디서든 뛸 수 있게 나는 매번 러닝화와 발목보호대를 여행 필수품마냥 챙겨온다.

다음 날, 체스키의 시티파크를 달리며 맞는 아침. 오랜만에 러닝이라 꽤 힘들다. 이른 오전부터 웨딩사진을 찍으러 나온 중국인 관광객들이 보인다. 여행객인지 현지인인지 알 수 없지만 조깅하며 지나치는 사람과도 눈인사 찡긋.

강박으로 시작한 운동이라 할지라도 달릴 때의 기분은 제법 괜찮다. 땀이 비 오듯 쏟아지고 숨이 턱까지 차올라 이제 진짜 못해 먹겠네 싶은 마음을 조금만 더, 조금만 더 참아내며 한바탕 달리고 나서 숨을 고를 때 짜릿하다. 살아있다는 기분. 해냈다! 일상을 살며 '성취감'을 느낄 수 있는 가장 쉽고 빠른 행위가 아닐까. 달리기는 투명하다. 즉각적인 성취감, 달린 만큼 근육이 붙고 체력이 쌓인다. 먹는 것조차 통제할 수 없는 내가 자괴감에 몸서리칠 때마다 괜찮다고 이겨낼 수 있다고 토닥여준다. 가족의 진심 어린 위로보다 천 배쯤 효과적이다.

열심히 해도 안 되는 게 세상인데 몸은 내가 노력한 만큼 바뀌니 감사하다는 러닝메이트의 말이 떠오른다. 글쎄 아직 나는 내 몸이 통제가 안 되던데. 고개를 갸웃했지만, 그게 뭐 중요한가. 아직 일상이 시작되기 전인 이른 아침, 체스키의 붉은 지붕을 그늘 삼아 달리고 있는 내가 좀 멋지잖아. 오늘은 죄책감 없이 맛있게 먹어도 괜찮지 않을까. 아직 자고 있을 단짝을 깨우러 어서 뛰어가자.

Everywhere

도무지
단점이 없다
혼자 여행

내가 원할 때 원하는 사람들과 원하는 만큼만 만났다 헤어지는 가당찮은 바람은 결코 현실이 될 수 없다. 해가 갈수록 새로운 사람과 관계 맺기란 어렵고, 죽고 못 살 것 같았던 단짝 친구와도 조금씩 멀어진다. 출산과 육아의 경험을 공유하지 못하게 되자 대학 동기 카톡방에서도 소외된다. 조리원 동기 모임, 동네 맘카페 커뮤니티, 회사 팀원, 골프모임, 러닝동호회처럼 접점을 공유한 사람들과 지극히 필요에 의해 만나게 되는 관계가 되레 가장 편하고 자연스럽다.

두 번 다시 얽히고 싶지 않은 '이상하고 나쁜' 사람들은 참으로 다양한 곳에서, 새로운 유형으로, 매우 빈번하게 나타나고 그들은 어김없이 내게 상처를 가한다. 이쯤 되면 사람에게 어떤 기대도, 실망도 않는 경지에 오를 법도 한데, 나는 여전히 무던하지 못하다. 작은 것에 흔들리고 슬퍼하다 문득 이렇게 생각하는 것이다.

혹시 내가 좋은 사람이 아니면 어쩌지.

내가 이상한 사람이라, 내가 관계를 잘 만들지 못하는 사람이라, 내가 영리하지 못해서, 내가 나빠서 혹시 이런 일들이 일어나나 싶은 두려움이 들면 벽을 쌓기 시작한다.

혼자는 편하다. 내 의견에 반하는 이 하나 없고, 나를 욕하는 이 하나 없고, 눈에 거슬리는 이 하나 없는 온전한 평화. 그래서 나는 자꾸만 혼자인 시간들을 늘려갔다. 혼자 밥을 먹고, 혼자 쇼핑을 하고, 혼자 영화를 보고, 혼자 여행을 했다.

혼자 여행하면 심심하거나 외롭지 않아?
혼자 다니면 도대체 뭐해?

그리고 이어지는 대화는 이런 식이다. 혼밥은 해봤는데, 혼술은 해봤는데, 혼자 고깃집도 가봤는데, 혼자 여행은 아직……. '혼자 **하기'를 난이도별로 구분 짓고 미션 수행하듯 서로의 레벨을 확인하는 시간. 뭐든 어떤 잣대로 분류하고 스스로가 어느 위치인지 확인해보고야 마는 이 정서, 재밌다. 난이도 최상에 속하는 '혼자 여행'을 '해'냈는데 그보다 아래 레벨인 '혼자 놀이공원 가기'는 꺼려지면 나는 어떤 단계의 사람인 거지? 이게 도대체 무슨 기준인 거냐고 반문하고 싶지만, 이렇게 팍팍하고 따지려 드니 내가 자꾸 혼자인가보다 싶어 참기로 한다.
혼자 글을 쓰고 혼자 영상을 편집하고 혼자 다음 일을 계획하고 혼자 상상하고 혼자 일을 벌이며 정신없이 하루를 보내다 보면,

혼자서 너무 많은 일을 하고 있다는 생각을 하게 된다. 근데 왜 나는 자꾸만 혼자 여행을 하게 되는 걸까.

자명하다. 혼자라도 심심할 틈이 없다. 하고 싶은 걸 하고, 하고 싶지 않은 걸 하지 않으며 채우는 하루하루가 쏜살처럼 지나간다. 게다가 지금 먹을까 이따 먹을까, 여기 갈까 저기 갈까, 이거 할까 말까를 두고 갈등할 필요가 없다. 누군가가 원하는 것을 위해 누군가는 원치 않는 것을 꾹 참아야 할 일도 없고, 그로 인해 생기는 서운함도 미안함도 없다.

여행은 계획하는 순간부터 돌아오는 순간까지 선택의 연속. 하늘 아래 나 같은 사람은 단 한 명도 없으니, 누군가와 함께하는 여행은 욕망과 인내와 갈등을 확인하는 시간이라고 봐도 무방하다. 연인과의 여행이 내내 행복하기만 했다고? 그건 상대가 다 참았다는 거다. 너무 사랑해서.

사람과 함께하는 게 부대끼고 혼자인 게 좋다면서, 막상 혼자 여행을 오면 낯선 사람에 대한 장벽이 터무니없이 낮아진다. 이 사람은 나처럼 여행자니까, 이 사람은 여기 살고 있으니까 같은 말도 안 되는 접점으로 호들갑을 떨며 마음의 문을 쉽게도 열어버린다. 어쩌면 나는 일상에서 사람으로부터 받은 상처를 잊기 위해, 벽을 허물기 위해 자꾸만 혼자 여행을 오는 건지도 모르겠다. 선택적 고독은 좋지만, 은둔은 절대 싫은 나도 결국은 '사람'.

Peru Huacachina

사막
과
오아시스

그리움이 모여 달콤한 신기루를 만들고, 간절함이 모여 거짓말 같은 찰나의 비를 만든다. 일상이라는 이름의 시간이 모래알처럼 부서질 때, 나는 어떤 오아시스를 꿈꾸었을까.

27시간의 비행, 이틀간의 시차 적응, 그리고 다시 버스를 타고 6시간. 와카치나 사막을 오기 위한 나의 여정이다. 따지고 보면 굳이 페루 어디의 사막까지 찾지 않아도 나의 하루는 끝없는 사막 위에서 오아시스를 찾아 서성이는 그런 류의 것이었다. '욕망'이라는 단어는 왠지 좀 격이 떨어지는 것 같아서 '꿈'이라는 그럴싸하고 낭만적인 단어로 대체하곤 했지만, 나는 그냥 모든 걸 갈구했다. 기를 쓰고 아등바등해도 내가 여전히 가지지 못한 모든 것들에 대하여.

끝없이 펼쳐진 사막을 며칠이고 걷던 자는 외로움도 사치로 느껴지는 탈진의 절정에서 오아시스를 만난다. 오아시스만 있다면 사막도 견딜만하다고 느낄 법도 한데, 이내 호수를, 냇물을, 강을, 바다를 갈구한다. 그게 아마도 나. 채워도 채워지지 않고 담아도 담고만 싶다.

지붕도 도어도 없는 사륜구동 버기카를 타고 사막을 달려도 보고, 경사진 사막 언덕에서 초크질을 한 보드를 타고 미끄러져 내려가기도 하고, 각자의 발자국을 찍으며 한 걸음씩 나아가다가 오아시스를 보았다. 정말 사막의 오아시스네. 신기했다.

그래도 여전히 내게 오아시스란 욕망의 다른 이름. 너에게 오아시스란 어떤 의미인 것 같냐고 물었더니 너는 이렇게 대답했다. 생각만 해도 갈증이 가시고 떠올리기만 해도 숨이 쉬어지는, 고단한 하루의 더운 땀을 식혀주는 거라고. 이 사람에게는 사막에서도 초록의 바람이 마음의 결을 따라 불어오나 보다.

우리는 모두 모래알처럼 따로따로 몸을 부비며 쉼 없이 서걱거리지만, 결코 하나의 입자가 될 수는 없는 세계에 살고 있다. 그래도 우리는 같은 공간, 이 와카치나 사막에서 오아시스를 향해 나아가고 있다.

호모 비아토르: 걷는 사람
1박 2일
껄로 트레킹

실토하자면, 여행자로서의 나는 남들이 잘 가지 않는 미지의 나라를 가야만 할 것 같은 강박 혹은 허세란 게 있다. 관광 인프라가 열악해 정보를 얻기도, 여정 자체도 결코 만만치 않은 '사서 고생'의 나라를 여행하면서 희열을 느끼는 이상한 심리. '거기서 그거 안 해봤으면 말을 말아.' 고된 만큼 값지고 단 것도 사실이다. 때 묻지 않은 만큼 아름답단 걸 누가 부인할 수 있겠어.

미얀마 '껄로'에서 '냥쉐'까지 1박 2일 트레킹. 정상을 향해 걷는 것도, 암벽을 타고 돌바닥을 헤쳐 경이로운 대자연을 만나는 것도 아니다. 그냥 정성을 다해 걷고 또 걷는 일. 오로지 트레킹을 하기 위해 여행객들은 자그마한 시골 마을 껄로에 온다. 1박 2일 혹은 2박 3일의 일정으로 인레호수의 마을 냥쉐까지 가이드를 따라 걷는 게 전부다.

폴란드 스페인 커플과 나. 볏짚 모자를 쓰고 낡은 배낭을 멘 아주 어려 보이는 가이드의 이름은 '싸빼'란다. 어제까지 줄기차게 내린 비 때문에 질퍽거리는 진흙길이 벌써부터 운동화를 찰떡처럼 휘감지만, 이렇게 맑게 갠 날씨가 그저 감사하다고 여길 수밖에. 밭고랑 사이를 걷는다. 가이드가 없으면 도무지 갈 수 없는 길이다. 길이 아닌 길을 가는 길. 트레킹 난이도는 어렵지 않다.

드넓은 고추밭에 새빨갛게 익은 고추가 햇살을 받아 반짝이고, 생강을 캐던 미얀마 사람들이 손을 흔든다. 잘 말라가는 참깻대에 꼬투리가 촘촘히 달려있다. 참깨 농사 잘하셨네. 영문을 모르는 동행 커플에게 '저게 바로 쎄써미야' 했더니 눈이 휘둥그레진다. 버펄로가 쟁기를 끌고 농부는 말이 없다.

샤뻰 마을에 들러 어느 가정집에 들어가니 점심밥을 차려주신다. 엄마는 말없이 상을 차려주고는 부엌일을 하러 갔고 아이는 우리 곁을 머물며 쭈뼛거린다. 배낭에 달고 있던 태극기 배지를 선물로 건넸다. 주머니 속에 사탕이라도 있었으면 좋았을 것을.

또다시 걸음을 옮긴다. 오후 4시. 소수민족 빠오인들의 마을에 도착했다. 우리가 오늘밤을 묵을 곳이기도 하다. 집주인은 일 층에서, 우리는 이 층에서. 전기가 없으니 따뜻한 물도, 샤워할 곳도 마땅찮지만, 찬물에 세수라도 하는 게 어디야. 푸짐한 한상차림에 미얀마 라거 한 캔을 비우고 언제 잠들었는지도 모르게 푹 잤던 것 같다. 매일 이방인을 맞아 잠자리를 내어주고 끼니를 챙겨줄 텐데도 어쩜 저리 해사하게 웃으며 배웅해 줄 수 있을까.

물안개가 자욱한 신비로운 풍경에 취해 몽롱한 기분으로 걷다가, 정수리를 태울 듯 내리꽂는 태양 탓인지 어깨에 멘 배낭 때문인지 피로감이 절정을 향할 때쯤 냥쉐에 도착했다. 무게를 줄인다고 줄였는데도 가져온 모든 것이 짐이구나. 버리지 못한 만큼 이고 가야 하는 것들이 버겁다. 인생도 그런 거겠지.

고작 이틀 걸었다고 깨나 철학자 행세다.

인레호수로 향하는 보트 앞에서 싸빼와 헤어졌다. 진흙이 말라 비틀어져 만신창이가 된 운동화와 구멍 난 양말이 훈장 같다. '사서 고생'은 제법 가치가 있다. 내 허세엔 이유가 있다. '안 해봤으면 말을 말아.'

게으름이 의무,
치앙마이
한 달 살기

무작정 떠나와 버렸다. 내게 필요했던 건 특별한 여행이라기보다 아무도 나를 찾지 않는 곳으로의 도피였는지도 몰라.

한 달이라는 시간은 모든 게 적절하다. 대단한 계획이나 철저한 준비 없이 와도 괜찮은 시간. 서울에 모든 걸 남겨둔 채 떠나와도 그리 무책임하지 않은 시간. 다시 돌아가 일상으로 복귀하는 데에도 큰 어려움이 없는 시간. 여행과 일상을 모두 경험해볼 수 있는 시간. 보름은 짧고 두 달은 길다. 그래서 '한 달 살기'가 하나의 트렌드처럼 자리 잡았는지도 모르겠다.

겨울이었고 추운 게 싫었다. 따뜻한 나라로 가야 했다. 호주 뉴질랜드? 아직 가보지 못한 곳이다. 죽어라고 여행하기 바쁠 것이다. 패스. 아, 역시 동남아인가. 우기인 곳은 제외하고, 비자가 필요한 곳을 제외하고, 왠지 나와 합이 맞지 않았던 곳도 제외하고, 이래저래 역시 가장 끌리는 곳은 태국이다. 여러 번 가도 질리지

않는 곳. 익숙함과 새로움이 항상 나를 반겨주는 곳. 번잡한 방콕보단 치앙마이. 그렇게 결정된 치앙마이 한 달.

착한 물가, 친절한 사람들, 감각적인 플레이스, 그리고 맛있는 커피가 있는 곳이니 이보다 더 좋을 수 없다. 아파트를 한 달 렌트하기로 하고 계약서에 사인을 하자 실감이 난다. 나 정말 여기서 사는 거로구나. 얼마 되지 않는 살림살이를 풀었다. 마트에 들러 필요한 용품들을 사들이고 옷장에 옷을 채워 넣었다.

님만해민 근처에 위치한 신축 레지던스.

없는 거 빼고 다 있는 소중한 나의 공간, 나의 집.

드립백을 하나 뜯어 커피를 내려 마신다. 노트북을 켜고 빈 창위에 깜빡이는 커서를 멍하니 쳐다보다가 커튼을 열어보니 어느새 해가 떠 있다. 작은 테라스에 걸려 있는 풍경 하나가 바람의 움직임에 맞춰 소리를 낸다. 어디선가 이름 모를 새가 지저귀고 뒤이어 닭 울음소리가 화음을 맞춘다. 이따금 들리는 비행기소음마저 묘하게 조화롭다. 기지개를 켜고 테라스 쪽으로 걸음을 옮겨본다. 커피 냄새, 잘 마른빨래의 바삭한 햇빛 냄새가 아침을 채운다.

앞으로 맞이할 서른 번의 아침의 소리와 냄새. 알맞게 식은 커피를 목에 넘기며 실감한다. 나는 이곳에 왔구나. 서울에 남겨둔 모든 것들이여 잠시만 안녕. 곧 다시 만날 텐데 뭐 걱정할 거 없지. 계획도 준비도 없지만 두렵지 않다. 가보고 싶은 곳을 가고, 먹고 싶은 것을 먹고, 하고 싶은 것을 하면 된다. 어느 날은 종일 침대를 벗어나지 않을 예정이고, 어느 날은 눈뜨는 순간부터 잠드는 순간까지 낯선 곳만 여행하리라.

사흘 차, 집 근처 요가원에 한 달 회원권을 등록했다. 맨발에 히피처럼 대충 걸쳐 입고 자유롭게 앉아 각자 혹은 함께 일하고 있는 디지털 노마드들을 보고 있노라면, 일상도 여행도 별개가 아님을 느끼게 된다. 익숙한 식당과 카페가 생기고, '미정, 여기서 또 만나네. 내일 아침 클래스도 올 거지?' 안부를 묻는 사람이 몇 있는 것. 요일의 루틴과 해내야 할 일들이 있는 것. 일상과 여행의 사이 그 어디쯤. 치앙마이의 한 달은 그런 시간이다.

소매치기
와
아이폰

별 탈 없이 두어 달에 걸쳐 남미 여행을 마쳤다는 쓸데없는 자신 감을 안고 멕시코로 향했다. '그래도 중남미 여타 국가들의 치안 보다는 낫겠지' 이게 1차 화근이었는지도 모른다. 생각보다 화창한 날씨, 활력 넘치는 거리를 경험하며 〈나르코스〉나 〈시카리오〉는 머릿속에서 지워졌다. 이렇게나 평화로운데 마약과 카르텔, 강도와 총기 위협과 같은 흉악 범죄를 상상하기란 쉽지 않다. 멕시코시티 치안 괜찮은데?

늦은 시간 돌아다니지 않기, 어둡고 외진 골목 가지 않기, 낯선 이가 주는 음식 함부로 먹지 않기, 따라가지 않기 등 하지 말아야 할 것을 하지 않고 상식선에서만 여행한다면 크게 문제 되지 않 겠다 하는 생각까지는 괜찮았는데, 마음을 열어도 너무 열었나 보다.

아침부터 청명한 날씨에 한껏 들뜬 기분으로 소깔로 광장에서부터 마데로 거리를 신나게 걸었다. 이른 시간인데도 오가는 사람들이 제법 많았고 옷가게며 식당, 카페, 크고 작은 상점들을 구경하느라 시간 가는 줄 몰랐다. 서울의 명동을 떠올리게 하는 거리라며 한참을 웃고 떠들었다. 출출해진 배를 채우기 위해 식당에 들어와 타코를 주문했고, 살사 베르데와 라임을 뿌리며 멕시코시티는 언제고 다시 와야겠다고, 이번 여행도 완벽하다고 자화자찬을 했더랬다.

어? 내 핸드폰 어디 있지?

없다. 뒤져봐도 없다. 가방의 안쪽 주머니엔 지갑도 현금도 무사하다. 핸드폰만 없다. '쟤가 또 칠칠치 못하게 저러네. 저러다 바지 주머니에서 나오지' 하는 표정으로 나를 쳐다보던 짝꿍은, 점점 미간을 찌푸리며 안절부절못하는 나를 보더니 이내 벌떡 일어선다. "오는 길에 어디 떨어뜨린 거 아니야?"
서둘러 식당을 나와 왔던 길을 되짚어 걷는다. 없다. 떨어뜨린 기억도 없다. 만약 그렇대도 '나 여기 있어요' 하고 다소곳이 나를 기다리고 있을 리도 없다. 이미 나는 거의 울고 있었다. 요즘 같은 때에 핸드폰이 어디 그냥 핸드폰인가. 내 사진, 내 글, 내 지인, 내 SNS, 아니 그냥 인간 신미정이 거기 다 있는데.
당장 남은 일정들을 소화하기 위한 교통편, 숙소, 모든 예약 내역도 그 안에 있다. 한국에서 언제 업무 연락이 올지 모른다. 난 망했다. 나의 과거와 현재와 미래가 사라졌다. 마데로 거리를 대여섯 번쯤 왔다 갔다 하며 땅바닥을 훑다가, 부정하고 싶지만 소매치기를 당한 것이라고 인정할 수밖에 없었다. 지퍼나 잠금장치도 없는 가방의 앞주머니에 대충 넣은 채 누가 봐도 여행자인 게 분명한 모습으로 마냥 신나게 다녔으니 '이거 좀 가져가 주세요' 광고한 셈이다.

"빨리 경찰서라도 가보자."
"근데 경찰서는 어디 있어? 좀 찾아봐."

짝꿍은 유심칩을 사지 않았다. 와이파이가 잡히지 않는 곳에선 데이터를 쓸 수 없으니 그의 스마트폰은 무용지물. 다시 타코 식당으로 돌아가 와이파이를 연결하고 구글맵을 뒤져본다. 참나, 핸드폰 없으니 아무것도 못 하는 바보들이네.

"못 찾아."

아니 뭐 이렇게 대책 없고 불친절한 경찰이 다 있나. 억울한 건 나뿐이다. '그러게 여행자 네가 조심했어야지'라는 눈빛으로 나를 보는 그에게 내가 할 수 있는 건 아무것도 없다. Gracias!'(고맙습니다)를 신경질적으로 내뱉는 게 내 분노 표현의 최선이었을 뿐.

남은 여행의 날들이 많은데 그때까지 핸드폰 없이 버틸 자신이 없다. 결국, 다음 날 눈뜨자마자 애플스토어를 찾아 아이폰을 구매하고야 말았다. 미국과 국경이 붙어있는 나라인데도 아이폰은 한국가격 대비 20~30만 원이나 비싸다. 어쩌겠어. 당장 일도 여행도 못 하게 생겼는걸. 덕분에 110볼트 돼지코 충전기와 카메라 셔터 소리 없는(국외의 아이폰은 카메라 촬영음이 나지 않는다) 귀한 폰을 갖게 되었으니 이것도 추억이라고 포장할 수 있으려나.

아무튼, 오늘의 결론.
하지 말란 건 하지 말고! 많이 조심한다고 나쁠 건 없다.
그리고 너! 나쁘게 살지 맙시다, 거.

무교인
의
힌두사원

특정 종교가 없어서 좋은 점은 세상 어느 곳에서나 어느 신에게 든 기도할 수 있다는 점이다. 여행하면서 성당이나 교회, 사원, 사찰에 발길을 딛는 것은 비단 나만의 일은 아닐 텐데, 이상하게 도 그 공간 안에 들어서는 순간부터 공기가 달라짐을 느낀다. 찬 찬히 둘러보거나 가만히 그 공기를 들이마시는 것만으로도 위안 이 되고 그곳에 짐을 덜어두는 기분이 드는 것이다. 유럽의 이름 모를 작은 성당에 앉아 두 손을 모으고 이 여행의 안녕을 속삭이 거나 신발을 벗고 몸을 낮춰 보다 작고 둥글게 살기를 염원한다.

말레이시아 쿠알라룸푸르에서 북쪽으로 차를 타고 한 시간을 달 리면 힌두교 성지이자 석회 동굴인 바투 동굴이 나온다. 어마어 마한 계단과 거대한 무루간 동상(파괴의 신 '시바'의 장남이라고 전해진다)의 위엄에 한 차례 놀라고, 계단을 오르기 시작하면 곳 곳에서 나타나 사람들의 모자나 선글라스를 채어가는 원숭이들 로 인해 또 한 번 놀라게 된다. 경사가 꽤 가파른 272개의 계단을 올라야만 바투 동굴에 들어갈 수가 있는데, 숫자 '272'는 '인간이 살면서 저지를 수 있는 죄의 수'라고 한다. 또 이 계단은 수직으 로 3칸 나뉘어 있는데, 각각 과거, 현재, 미래의 죄를 의미한다고. 한 계단 한 계단 오르면서 과거의 죄, 현재의 죄, 앞으로의 죄를 참회하고 반성하는 것이다.

잠시 머뭇거리다 가장 오른쪽 칸에서 출발하기로 한다. 이미 지 나간 과거야 어쩔 수 없고, 현재는 현재고, 아직 오지 않은 미래 의 잘못들을 미리 참회하겠다는 생각인 게다. 애초에 죄를 짓지 않고 살겠단 생각은 안 하고, 난 나쁘게 살 터이니 미리 참작 좀 해달라는 못된 심보라니, 나는 글러 먹은 존재로군 생각하며 첫 번째 계단을 오른다. 계단은 한 칸에 발이 다 안 들어갈 정도로 폭이 좁고, 경사는 가팔라 중반을 넘으면 내려다보기가 무서울 정도다. 지나간 참회는 되돌아보지 말라는 의미일지도 모르겠다. 잘못은 하나하나 정성을 다해 반성하되 앞으로 나아갈 것, 힌두 와 바투 동굴이 주는 가르침이다.

동굴에 들어서니 시원한 공기가 나를 맞이한다. 중앙이 천장 없 이 뻥 뚫려 있어 어둠 사이로 볕이 쏟아지고 크고 작은 종유석으 로부터 물방울이 떨어져 신비롭다. 왜 이곳이 성지(聖地)인지, 이 해하려 하지 않아도 느껴진다.

나는 오늘의 고통이 전생의 업보 때문이라고 여기지 않는다. 다음 생에 고통받지 않기 위해서 이번 삶에 욕망을 버리고 착한 일을 도모할 생각도 없다. 적당한 욕망을 끌어안고 상식선의 선을 행하 며 최선을 다해 현재와 한 치 앞의 미래를 살아갈 것이다. 이런 내 게 힌두가 말하는 구원과 해탈은 요원해 보인다. 그럼에도 불구하 고 272개의 계단을 오르내리며 많은 걸 생각한다. 나의 참회는 참 회가 아니었을지 모르나 바투 동굴에서 위안을 얻는다. 마지막 계 단을 지나 평지에 발을 딛자 발걸음이 한결 가벼워졌다.

동틀
때
귀가하기

그러니까 그런 거 아니겠냐고.

맥박이 뛰는 곳에 살포시 아로마오일을 문질문질하고선 가뿐하게 문밖을 나서 요가 수련까지 한 그런 아침에는 내친 김에 디톡스워터에 샐러드 한 접시로 클린하게 하루를 시작하는 그런 기분이잖아. 근데 또 마냥 덥고 꿉꿉해서 감자튀김에 빈땅 맥주만 연신 마셔대다가 만사가 귀찮아지는 그런 오후도 있어.

서핑도 하고, 쇼핑도 하고, 맛집이라고 소개된 곳도 가 보고, 그렇게 촘촘히 보내는 하루가 있는가 하면 가끔은 이런 날도 있지. 나는 여행자고, 내일 아침 출근 따윈 없고, 여기 날 아는 사람도 없으니까 오늘 밤은 양껏 먹고 마시다가 기분 내키는 대로 마냥 철없이 놀아보겠노라 하게 되는 그런 날 말이야.

사실 서울에서는 '불금'같은 거 잘 모르겠어, 나는. 다들 금요일 밤에는 근사한 약속이나 멋진 계획이라도 있는 건지 하나같이 들떠있던데, 사실 나는 약속도 계획도 없거든. 치킨이나 떡볶이가 내 금요일 밤의 전부인데. 리모컨을 하릴없이 눌러보며 '역시 재밌는 건 하나도 없네'투덜거리는 게 유일한 낙인데.

하지만 여기는 발리고 나는 지금 여행 중이니까, 지금 나는 '불금'을 누릴 자유, 아니, 의무가 있다고 봐. 혼자라도 괜찮지 않을까. 어차피 날 아는 사람은 하나도 없는데. 그래서 금요일 밤, 고젝을 타고 스미냑으로 향했어.

칵테일을 몇 잔 마셨기 때문일까. 거리 전체가 '쿵쿵' 기분 좋은 흥청거림으로 가득해. 얼굴이 발그레하게 취기가 올라도, 데시벨을 잔뜩 높여 웃고 떠들어도, 어깨를 마구 들썩이며 엉덩이를 멋대로 씰룩여도 전혀 튀지 않아. 자정이 가까워지자 익숙한 케이팝도 흘러나오고, 전 세계인이 하나가 되어 플로어 위를 방방 뛰며 춤을 춰. 크레이지 스미냑 나잇 만세!

답답한 지하, 매캐한 담배 연기, 귀를 자극하며 때리는 과한 스피커 사운드, 발 디딜 틈 하나 없는 공간이 그동안 생각했던 클럽의 모습이었는데 그게 아니더라니까. 1층부터 4층, 그리고 야외와 연결된 재미있는 구조의 LA Favela(라 파벨라).

아니, 이런 밤이 있는데, 이런 데가 있는데, 나만 몰랐네 억울하게. 다들 이렇게 신나게 살고 있던 거야? 그동안 너무 재미없게 살았나 봐. 재미도 없는 영화나 시시한 책을 보며 의미 없는 걱정들로 지새웠던 지난 밤들이 너무 억울하다. 젊음을 더 낭비하지 못한 채 나이를 먹었네. 이걸 조금이라도 보상받기 위한 유일한 길은 오늘 밤 최선을 다해 노는 것뿐이야!

시계를 보니 새벽 4시. 내 체력이 이렇게나 좋았나 싶더라니까.

이른 새벽, 나의 하루는 아직 끝나지 않았는데 거리로 나오니 벌써 하루를 시작하는 사람들이 보여. 취기가 가시지 않아서인지 허기가 계속 돌아 거리에서 박소아얌(닭 완자 수프) 한 그릇을 뚝딱 해치워버렸지 뭐야. 내친김에 휘청휘청 스미냑 비치까지 걸어가서 일출을 볼 생각이었는데 구름 낀 우기의 발리는 그리 호락호락하지 않더라.

그러고 보면, 나 제법 열심히 살았다. 눈떠보니 다시 스무 살이 되어있다 할지라도 나는 아마 변하지 않을 것 같아. 적당히 재미없고 지루하고 애쓰는 하루하루. 그러니까 더 소중하고 놀라웠는지도 모르지. 여행지에서 맞는 일탈 같은 밤이 말이야.

행복은
버터순

프랑스 | 파리

시인은 말했다. 페이스트리란 가장 아름답게 무너질 벽을 상상하는 거라고. 구멍의 맛을 가늠하는 것. 겹겹의 공실과 바스러지는 낙엽의 소리를 엿들으며, 뭉개지는 버터의 몸집 위에서 여름날의 눈부신 햇빛을 본다고.

5월 중순의 파리는 이보다 더 아름다울 수 없다. 습하지도 건조하지도, 춥지도 덥지도 않고, 파란 하늘에 조각구름이 적당한 밀도로 채워져 느린 속도로 움직인다.

그러나 이토록 아름다운 파리는 애석하게도 여행자에게 결코 곁을 내주지 않는다. 지갑을 열어도 환대와 친절로 답하지 않는 오만한 도시. 낭만을 기대했던 여행자의 기대를 여지없이 무너뜨리는 이 도시에 자꾸 오고 싶은 이유는, 그러니까 빵 때문이라고밖에.

에펠탑 뷰라고 소개됐던 숙소는 삐걱거리는 침대 하나와 세월의 흔적이 역력한 나무탁자 하나, 그리고 간신히 펼쳐둔 내 캐리어 하나로 꽉 차버렸고, 머리맡의 좁고 기다란 창문을 열자 보이는 맞은편 건물의 한쪽 구석 너머 너머 너머 너머로 아, 저게 그건가 싶은 게 에펠탑인가……? 이 가격이면 동남아에서 5성급 리조트에 스파에 어쩌고…… 하는 계산을 멈추고 일단 나가는 게 급선무.

트립어드바이저나 구글 리뷰를 참고할 필요가 없는 곳. 2구에 있든 12구에 있든 걷다가 가장 먼저 보이는 빵집에 들어가 욕심껏 빵을 고르고 나오면 그만이다. 손잡이가 없는 황갈색 종이봉투를 왼팔로 끌어안고 성큼성큼 파리 시내를 걸을 때의 기분이란. 살포시 삐져나온 기다란 바게트에서 바람결을 따라 빵 냄새가 스치면, 내가 이 순간을 위해 어제의 불친절과 더러운 지하철을 견뎌냈구나 싶어진다.

에라 모르겠다, 길빵이다. 입천장이 까져도 턱관절이 얼얼해져도 좋다. 잘 구워진 바삭한 껍질과 씹을수록 구수한 풍미. 적당히 질깃한 바게트를 베어 물며 센 강을 따라 걷다가 튈를리 공원으로 들어선다. 커다란 분수와 초록색 철제 의자. 아름답다. 시선이 가는 곳마다 예쁘다. 너흰 이런 데서 살고 있는 거야?

공원에 앉아 에릭 사티의 짐노페디를 듣다가 왠지 눈물이 쏟아질 것 같은 기분에 서둘러 자리를 털고 일어난다. 허벅지 위로 잔뜩 떨어진 빵 부스러기들도 툭툭 털어내고 입가도 쓰윽 닦아내고 플레이리스트는 상송으로 바꿔본다. 에디트 피아프의 Sous le Ciel de Pais (파리의 하늘 아래)다.

빠리의 하늘 아래, 연인들이 걷고 있네.
노트르담 부근에는 때때로 은밀한 드라마가 숨어 있네.

이 음악은 내게만 들려. 이어폰을 꽂고 거리를 걸으면 나 홀로 다른 차원의 세계에 속한 채 이 세계를 구경하고 있다는 기분이 들어서 좀 멋지다. 에디트 피아프가 내 귀에만 속삭이고 있잖아. 시테섬으로 향하는 걸음은 일보도 빼놓지 않고 영화 같았다. 센 강을 따라 늘어선 중고서적 가판대 부키니스트가 보이고 노트르담

성당이 보이는 이곳이 파리의 파리, 파리의 심장 시테섬이다.

그리고 정말 예상치 못했던 흥분과 행운의 순간. 그해의 운은 아마 이때 다 쓴 게 아닐까 싶을 정도. 시테섬을 지나는데 심상치 않은 흰 부스에 빵 냄새가 진동하기에 본능적으로 들어갔더니 세상에, 파리 빵 축제라고? La Fete Du Pain(라 페트 뒤 팽), 매년 이맘때쯤 노트르담 성당 앞에서 열리는 빵 축제란다. 지난해 바게트 어워드 수상자들의 바게트들이 산더미처럼 쌓여있고, 눈앞에서 명장들의 시연이 계속된다.

옆쪽에는 올해의 바게트 경연대회가 한창이다. '트라디시옹'이라고 불리는 전통 바게트는 일반 바게트와는 달리 밀가루, 물, 소금, 이스트 외에는 어떤 첨가물도 들어갈 수 없단다. 첨가물이나 기계 공정이 들어가는 일반 바게트보다 고작 20~30센트(300원 안팎) 비싸지만, 공정은 훨씬 복잡하고 번거롭다. 그럼에도 불구하고 트라디시옹을 만들어내는 제빵사들의 손길에는 자부심이 묻어난다. 아아, 저런 노고가 담긴 빵이 고작 1유로라니 황송하네 황송해. 튈를리 공원에서 느꼈던 원인 모를 멜랑콜리는 버터와 밀가루로 깨끗하게 덮였다.

모두가 한마음으로 아름다운 빵애프터눈 중인 평화로운 노트르담 대성당 앞. 이제 막 오븐에서 나와 노트르담의 공기를 마신 빵을 손에 쥐고 각자의 방식대로 빵을 먹는다. 나는 쇼숑오뽐므(애플파이) 하나. 크게 한 입 베어 무니 수십 개의 페이스트리가 결대로 바스라지고 입가에 흔적을 남긴다.

음, 지금 이 행복감이 어느 정도인지 굳이 설명하자면 말이지,
루브르에서 인파에 치여 모나리자 대신 사람들 뒤통수만
구경하고 오더라도 괜찮을 것 같은 그런 기분이야.

Greece to Turkey

우리의
결혼을
축하해

나도 그거 가봤다. 누구는 일생에 한 번도 못 가보고, 누구는 두 번도 세 번도 갈 수 있겠지만, 아무튼 내 인생에는 지금껏 단 한 번이었던 그거, 신혼여행.

'비상약은 내가 안 챙길게. 그쪽에 넣어요'라고 할 수 있는 것. 늘 여행은 혼자 떠났었는데, 둘이 함께하는 여행이란 이런 거로구나 싶어 새삼 웃게 된다. 결혼은 처음이라 미숙한데 잘 부탁합니다!

'능력 있으면 혼자 사는 것도 괜찮지.' 내가 어렸을 적부터 엄마는 버릇처럼 이 말을 하곤 했는데, 그건 내게 하는 얘기가 아니라 스스로에게 하는 말인 듯해서 기분이 늘 묘했다. 어린 내 눈에도 엄마는 항상 너무 바쁘고 힘들어 보였다. 가사노동을 하고, 나와 동생을 키워내고, 피아노학원도 운영했다. 종일 원생들과 씨름하고 돌아와서도 저녁을 차려야 했고, 내 짜증을 받아줘야 했고, 빨래를 돌려야 했고, 동생을 데리러 가야 했다. '결혼 안 하고 혼자

살았더라면 이렇게까지 힘들지 않았을 텐데……' 열다섯 살의 귀에도 그 말은 이렇게 들렸던 것이다.

그래서 나는 결혼이라는 제도에 늘 회의적이었다. 적당한 때 결혼하고 아이를 낳고 열심히 저축해 집을 장만하고? 누구 좋으라고? 내가 살고 싶은 미래는 내가 희생해야 유지 가능한 그런 모습이 아니었다. '불타는 사랑은 다 한때'라고, 열다섯의 나는 그렇게 생각했다. 이하생략.

서른, 이 사람과 결혼을 했다. 말과 글과 사유와 여행을 좋아하고, 예민하고 독립적이라는 점이 닮았다. 그리고 나보다 (많이) 바르다. 살면서 두 번 다시 만나지 못할 유형의 사람.

평범치 않은 직업을 가진, 여행을 아주 좋아하는 둘은 과연 어디로 신혼여행을 갈까, 우리를 두고 주변 사람들이 꽤나 궁금해 했더랬다. "아테네를 갔다가 산토리니, 거기서 튀르키예로 넘어가 페티예와 욜루데니즈를 둘러보고 이스탄불로 가는 일정입니다!" 결혼식 한 달 전에야 신혼여행지를 결정했던 탓에 우당탕탕 막무가내 하드코어, 심지어 내 위주의 여행이었다는 게 '기승전'이고, 그리하여 결국 튀르키예에서 몸살을 앓아 내내 아팠다는 것이 '결'이다. 비싸게 예약한 프라이빗 보트 투어는 고열과 어지러움을 참아내느라 고역이었고, 겨우 기운을 차린 이스탄불에서는 내가 원하는 고등어 케밥을 먹지 못해 두고두고 화가 나 있었다(줄서서 기다리는 거 싫다고 사람 하나 없는 고등어 케밥 트럭에서 먹자는 거다!). 이때만 해도 먹고 싶은 걸 못 먹으면 죽는 줄 아는

병이 있었으니까.

보름 남짓했던 우리의 첫 여행은 삐걱거렸다. 나랑 너무 다르잖아! 왜 이걸 못(안)하는 거지? 왜 이걸 하자는 거야? 서로의 다름을 확인하는 놀랍고 당황스러운 시간들. 다른 걸 같게 하는 것이 아니라, 다른 것을 이해하며 함께하는 지혜가 쌓인다. 여전히 나는 혼자 여행을 주기적으로 떠나야만 일상을 살아낼 수 있다는 자기 최면에 빠져있다만, 짝꿍에 함께하는 여행 역시 매번 손꼽아 기다린다. 일단 재밌어, 너랑 함께하면.

힘들고 지치고 다 내던져버리고 싶었던 순간들. 참고 버티고 흘려보냈더니 어느 날 당신이란 선물이 내게 왔다. 우리는 너무 다르지만 또 너무 같아서 우리가 되었다.

우리, 다음엔 또 어딜 갈까?

어릴 적부터
유럽에서
살아보고 싶었어

나는 누구에게든 무언가를 쉽게 추천하지 않는 편이다. 내가 좋았던 곳, 맛있었던 음식, 감명 받은 책, 마음에 들었던 아이템 등은 나의 취향이지 상대의 취향이 아니지 않은가. 한 번은 좋았는데 또 해보니 정말 실망스러웠던 것도 있고, 심지어 내 취향이란 것도 조금씩 변한다.

여행에 대한 얘기를 나누다 보면 가장 많이 듣는 질문 중 하나가 어디가 제일 좋았느냐다. 간혹 나오는 잘 맞지 않는 곳들을 만날 때가 있지만 대체로 나름의 매력들이 있고 다시 또 오게 되기를 꿈꾸며 돌아오기에, 대답하기가 꽤 어렵다.

'글쎄, 그건 취향의 문제라서……. 어떤 기준이냐에 따라 달라질 것 같은데? 어떤 게 궁금한데?' 이건 내 속마음. 이래서 친구가 없나 싶지만, 그래도 다행히 사회화는 된 편이라 차마 속마음대로 입을 떼진 않는다. 그럴 때 하는 대답, "음. 여기서 한번쯤 살아보고 싶다는 생각이 들게 했던 건 포르투갈 리스본이야."

리스본에 도착한 순간 나는 이 도시와 사랑에 빠졌다. 너무 클리셰 같은 표현이라 이런 문장을 쓰고 싶진 않았지만 달리 표현할 길이 없다. 적절한 습도, 알맞은 온도, 부서지는 햇살, 공기는 예쁘고 볕에 반사되는 모든 것들이 선명하다. 바다라고 착각할 뻔했던 파란 테주강, 주황색 지붕, 노란색 트램, 정겹게 널려 있는 색색의 빨래들. 날씨와 보이는 모든 것들이 아름다우니 사람들은 여유가 넘친다. 친절하지 않을 이유가 있을까. 여기 살면 나도 덜 뾰족하고 덜 예민한 사람이 될 수 있을 것만 같다.

난 어릴 때부터 유럽에서 살아보고 싶었어.

혜진 언니를 만난 건 리스본 벨렘지구에서였다. 졸업 후 바로 언론사에 입사해 5년간 기자생활을 하다 지난해 퇴사했다는 그녀는 어디에서 살지 후보지를 찾으러 왔다가 그대로 리스본에 7개월째 쭈욱 눌러앉아 지낸다고 했다. 언론사에서 5년간 일했다는 공통점만으로도 우리는 대번에 친해졌다. 방송국 놈들을 뒷담화하는 구 방송국 놈들이 어찌 안 친해질 수 있겠냐고. 나는 마음에 맞는 사람을 만나기가 굉장히 어려운 사람이고, 이 사람 괜찮다 싶은 마음이 들면 나의 모든 것을 다 퍼줄 기세로 곁을 내준다. 일단 호감이 생기면 사소한 것일지라도 나와 닮았다며 호들갑을 떠는 것. "어머, 저도요. 오자마자 여기서 살고 싶더라고요!" 제로니무스 수도원 근처 카페에서 나타(에그 타르트)를 포장해와 테주강을 따라 걸으며 먹었다. "이렇게 걸으면서 먹으면 부스

러기가 떨어져도 상관없으니까 좋지 않아요? 빵 먹으면서 걷는
게 제일 행복해."

우리는 많은 이야기를 나누었다. 비자를 받으려면 어떻게 해야
하는지, 포르투갈어를 못해도 괜찮은지, 남자친구와 결혼 계획은
어떤지, 한국에 계신 부모님께는 언제쯤 뭐라고 얘기할지와 같
은 사적인 대화를 한참 나누다 보니 나도 조만간 여기에서 지낼
집을 알아봐야 할 것만 같은 기분이다.

우리는 파스텔 톤의 낡은 건물과 좁은 골목길, 노란색 트램이 지
나는 알파마의 언덕길에서 헤어졌다. 아무렇게나 찍어도 그림엽
서 같은 리스본의 풍경에 언니도 함께 해서 너무 좋았어.

해질 무렵 상 조르제 성(Castelo de São Jorge)에 올라 일몰을 기
다린다. 성벽 근처에서 포트와인을 글라스로 팔고 있다. 근사한
유리잔이 아니면 어때. Wine with a view. 로맨틱한 선셋을 위한
완벽한 조합인걸. 리스보아(Lisboa 리스본의 포르투갈식 발음),
어쩜 이름마저 이렇게 사랑스러울까. 해가 지자 리스본의 주황
색 지붕들은 어둠에 묻혀 사라졌지만 곳곳에 밝혀진 노란 가스
등이 황홀한 야경을 선사한다.

미정, 밤에 같이 파두공연 보러 갈래?

다른 계획 있으면 방해하진 않을게 :)

생각지 못한 세심한 문자에 다시 한 번 반했잖아, 이 언니야.

꼭 요란한 사건만이 인생의 방향을 바꾸는 결정적 순간이 되는 건 아니다. 실제로 운명이 결정되는 드라마틱한 순간은 믿을 수 없을 만큼 사소할 수 있다. 단 한 번의 우연으로 리스본을 찾았고, 거기에 앞으로의 미래를 걸어본 혜진 언니는 〈리스본행 야간 열차〉의 그레고리우스를 닮았다. 언제고 다시 리스본을 찾는다면 몇 달이고 머물면서 혜진 언니의 신혼스토리를 귀가 닳도록 듣고 싶다.

알람
없이
일어나기

그리스 | 로도스

여기는 그리스의 작은 섬 로도스.

나는 떠나온 사람.

여행자의 시간은 더디게 흘러간다.

지중해에서 나는 최선을 다해 게을러지기로 했다.

'올리브처럼 작고 동그랗게 살 거야'라는 마음.

해가 지면 잠자리에 들고, 눈이 떠지는 시간에 자연스럽게 몸을 일으켜 멍하니 바깥을 바라보다가, 고프지 않을 정도로만 배를 채우고 지루하지 않을 만큼만 움직이는 것이 전부인 하루. 때로는 제법 많이 걷기도 하고 때로는 꽤 수다스럽기도 한 시간. 하고 싶은 대로 하는 것을 허하는 곳. 여기는 그리스. 나는 그곳을 여행하고 있다.

딱히 뭘 해야겠다는 결심이 서지 않는 그런 날, 한없이 침대 위에서 오랜 시간을 버티다가 겨우 몸을 일으킨다. 여행의 날들 사이에 그런 하루가 찾아온다는 것은 어쩌면 행운일지도 모르겠다. 아무것도 아니어서 특별할 수 있다는 걸 알아챌 기회니까.

느지막이 일어나 아침을 건너뛰고 곧장 소파에 누워 의미 없이 리모컨을 눌러가며 시간을 허비하다가 배달음식 따위로 끼니를 때우던 서울의 주말. 무의미하게 버려졌다고 생각했던 그 시간들은 우리의 일상 속에서 숱하게 있어왔을 테지만, 여행의 날들 사이에 찾아온 '자발적 무용의 하루'는 참으로 특별하다. 애써 가이드북을 들춰가며 꼭 가봐야 할 곳들의 리스트를 빼곡히 입력할 필요도 없다. 하루쯤은 그저 발길 닿는 대로, 눈길이 머무는 대로, 시간이 허락하는 대로, 그렇게 무의미함 속에서 유의미한 시간을 쌓아보는 것도 좋지 않을까. 내가 지중해를 핑계로 그리스에서의 제법 많은 시간을 그렇게 보낸 것처럼 말이다.

작고 변변찮은 것들을 귀하게 여기는 마음.

행복하다고 입 밖으로 내뱉으면 정말 행복해지는 마법.

이런 순간들이 쌓여 내가 되었다고 생각한다. 반짝이는 찰나의 행복들을 수집해둔다. 어느 날 불행이 예고 없이 찾아오면 조금씩 꺼내어 쓸 수 있게.

알람소리 대신 눈부신 햇살과 이름 모를 새소리에 눈을 뜬 하루, 발길 닿는 대로 숙소 주변을 거닐다가 그냥 끌리는 식당에서 점심을 먹고 거리를 오가는 사람들을 구경하는 오후, 구름이 얼마나 빠른 속도로 움직이는지, 나뭇잎이 바람에 어떻게 흔들리는지를 살피는 게 주요 일과인 그런 날.

짭조름한 올리브를 깨무는 게 이다지도 행복할 수 있다는 걸 알았으니 이번 여행은 이보다 더 완벽할 수 없다.

여행지의
냄새

페루 | 리마

나는 너의 목덜미에 코를 박고
들리지 않을 정도로, 하지만 깊이,
크읗킁 대는 것을 좋아한다.
거기에는 너의 오늘이 다 들어있어서.
네가 오늘 어디에 가서 어떤 세상을 마주했는지
뭐 그런 것들을 느낄 수 있어서.
시큼한 땀 냄새가 콧속으로 훅 들어오는 날에도
마냥 헤헤 거리는 걸 보면
내가 영락없는 너의 짝이구나 싶어서.

오늘 너의 목덜미에선 페루 한여름의 따가운 햇살냄새가 난다.

그것은 리마의 광장 한가운데에서
콧수염이 풍성한 아저씨가 짜준
오렌지주스 냄새 같기도 하고,
버터와 연유를 듬뿍 묻힌 콘옥수수 냄새 같기도 하고,
물감을 풀어 넣은 게 아닐까 싶을 정도로
샛노란 잉카 콜라의 냄새 같기도 하고,
라임을 잔뜩 짜 넣은 세비체의 냄새 같기도 하다.

크응쿵 하고 만다는 게 그만,
페루의 여름에 취해 지나쳤나보다.
너 너무 쿵쿵 대는 거 아니냐는 눈빛.

좋아서 그렇지 뭐.

냄새란 건 때로 그 자체로 그 전부다.
갓 지은 쌀밥 내음은 그것으로 엄마와 따스한 집.
방금 갈아 내린 커피의 향기는 그것으로 우리의 평화로운 아침.
리마에서 우리가 처음으로 찾아간 소탈한 동네 식당에서는
시큼하고 달큰하고 고소한 냄새가 난다.
주문을 하고 마주앉은 우리 둘 사이에는
이곳의 시간과 함께 이곳의 냄새가 고스란히 저장된다.
쿵쿵, 그 냄새를 기억하면
쿵쿵, 다시 떠나자고 심장이 문득 조르리라.

여행은
살아보는 거야?
일단
체크인부터 좀

여행은 살아보는 거야.

이 캐치프레이즈를 기획한 카피라이터는 얼마나 뿌듯할까. 돈 많이 버셨기를 바랍니다. 진심으로. 나 역시 이 문장을 보고 '다음번엔 나도 꼭 에어비앤비를!' 하고 마음먹었으니, 얼마나 많은 잠재적 여행자들이 혹했을까. 단 1박을 하더라도, 관광하기 바빠 그 집에선 잠만 잤다고 하더라도, 에어비앤비를 이용하면 그 도시에 사는 사람처럼 지낼 수 있을 것만 같은 기대를 갖게 한다.

어쨌거나 이 캐치프레이즈에 반해 에어비앤비를 렌트해보기로 한 첫 도시가 그라나다였다. 이번 여행에서 다른 그 어느 도시보다 먼저, 그리고 나름 최선을 다해 고르고 고른 나의 첫 에어비앤비. 알바이신 지구에 위치한데다 옥상 테라스에서 무려 알함브라 궁전을 볼 수 있고, 모로코풍의 인테리어도 멋스러웠다. 발코니 너머로 보이는 거리의 풍경도 내가 상상한 그라나다의 모습

그대로였다. 약간의 언덕길만 감수하면 완벽한 숙소라고 생각했다. 하지만 여행이란 게 항상 내 생각대로 되는 게 아니라는 것이 문제. 난 결국 이 집에 들어가 보지도 못했다.

사건의 전말.

세비야에서 그라나다까지 버스를 타고 3시간. 버스에 타고 보니 보조배터리를 세비야 숙소에 두고 왔단 걸 발견. 보조배터리 믿고 완충 안하고 나왔는데 큰일이다. 사용한 지 2년을 넘긴 휴대폰은 나날이 배터리가 빨리 방전되는데 괜찮을까. 그라나다에 도착하면 숙소에서 충전부터 해야겠다.

그라나다에 도착하니 나를 반기는 건 역시나 돌바닥. 아, 캐리어 끌고 올라가기 만만치 않겠는걸. 구글맵을 켜고 예약해둔 에어비앤비까지 드르르르르륵덜덜덜덜덜. 이번 여행을 끝으로 저 캐리어는 운명할지도 모르겠다.

현재기온 42도. 겨드랑이는 이미 울고 있고, 이마가 뜨겁다. 대체 어디지 이쯤인 것 같은데. 에어비앤비 앱을 켜 호스트에게 메시지를 보내본다. 휴대폰 배터리 14센트.

답이 없다. 열쇠를 어느 박스에 넣어뒀다고 했는데 그게 대체 어디야 저건가? 아닌데. 10분 후 호스트의 메시지. 계단으로 오르기 전에 노란색 간판 앞 박스라고? 그런 거 없는데? 내 위치가 어딘지 사진을 찍어 보내도 또 묵묵부답. 배터리 8퍼센트.

숙소에 들어가지도 못한 채 휴대폰까지 방전되면 큰일이다 싶어서 근처 식당에 들어간다. 배도 안고프지만 일단 빠에야를 주문

하고 충전을 부탁하자 주인이 주방 앞 콘센트를 가리킨다. 저기에 꽂으라는 뜻이겠지. 졸지에 요리과정 구경하며 충전하고 호스트 답변 기다리기 3단 콤보. 메시지를 열 개도 넘게 보냈는데 답이 오지 않는다. 이 와중에 빠에야는 왜 이렇게 맛있는 거냐. 홍합 껍데기에 붙은 쌀알까지 남김없이 해치우자 배터리 20퍼센트.

다시 캐리어를 덜덜덜덜 끌고 열쇠꾸러미를 찾아본다. 아까도 못 찾았는데 지금이라고 찾을 수 있겠니. 20분 만에 돌아온 답변은 쓸모가 없다. 아니 내가 네 말대로 갔는데 없다고 글쎄.

캐리어만 없었어도, 이렇게까지 덥지만 않았어도, 휴대폰 배터리만 충분했어도, 이 길이 돌바닥만 아니었어도, 언덕만 아니었어도 이렇게까지 힘들고 짜증나지는 않았을 거다. 휴대폰보다 내가 먼저 방전될 것만 같다. 그냥 포기하자. 당장 이 짐들을 좀 해결하고 싶어.

도저히 못 찾겠다. 포기할래.

호스트에게 메시지를 보내고, 다시 캐리어를 끌고 눈에 보이는 호텔에 무작정 들어가 빈방 있냐고 묻기를 세 차례. 네 번째 호텔에서 드디어 싱글 룸을 내준다. 와……, 진심으로 눈물이 찔끔 나는 순간. 몇 해가 지나도 이 호텔의 이름은 절대 잊히지 않는다. 날 받아준 고마운 까사 델 카피텔 나자리(Casa del Capital Nazari)시여, 만세!

에어비앤비 호스트에게선 답이 없다. 결국 3박의 비용을 날린 셈. 조식도 주고 매일 방도 정돈해주고 언제든지 리셉션에 직원도 있고 호텔이 최고네. 여행은 살아보는 게 아니고 여행은 그냥 여행이야, 첫!

△▲△

다음날 나는 보조배터리를 샀고, 알함브라 궁전을 둘러보며 감탄하고 밤늦도록 플라멩코 공연을 봐도 배터리 때문에 불안해 할 필요가 없었다. 캐리어는 호텔에 있으니 돌바닥이라도 상관없다. 하필 첫 에어비앤비가 그 모양이었지만, 이후로 멋진 호스트의 멋진 에어비앤비를 퍽 많이, 꽤 자주 경험했다. 그러니까 이제 여행은 살아보듯, 삶은 여행하듯 그렇게 하려 한다. 그나저나 그 그라나다 숙소는 아직 잘 있나?

토르티야 위의
작은
세상,
타코트립

귀찮다. 갈증은 좀 나지만 몸을 일으켜 물을 마시러 가기가 귀찮아 참는다. 이 심심함이 안락하다.

텔레비전이 재미없어진 지는 제법 됐다. 어차피 볼만한 건 없을 테지만 이럴 때 가장 쉬운 선택지는 넷플릭스. 혹시나 했지만 역시나 딱히 이렇다 할 영화나 드라마를 찾지 못한다. 다큐나 봐야겠다. 의외로 항상 선방하니까.

먹음직스런 썸네일이 시선을 끈다. 〈타코 연대기〉란다. 나쁘지 않은 일요일이 될 것 같다. "세상에서 타코가 최고예요!", "상상해보세요. 쟁반에 수북한 고기, 연기가 나는 뜨끈뜨끈한 고기와 김이 서려 뿌예진 유리, 그걸 비추는 불빛, 기분 좋은 맛의 조합이죠." 그 자리에서 홀린 듯이 모든 에피소드를 다 봐버렸다. 저녁엔 이태원이라도 가야할 판이다. 아, 너무 먹고 싶어……

기름진 화면을 몇 시간이나 봤더니 다음달에 가기로 했던 겨울 휴가는 아무래도 멕시코로 정해야 할 것 같다. 멕시코시티에서 알파스토르 타코를 먹고, 유카탄에서 코치니타 타코를 먹고. 굽고 끓이고 튀기고 찌고 갈아서 만들어 얹은 토르티야 위의 작은 세상. 온갖 종류의 타코를 다 먹어보고 와야겠다.

한 달간 눈코 뜰 새 없이 바빠야만 하겠는걸. 일정을 최대한 여유 있게 뽑기 위해 적성에 맞지 않는 부지런을 떨었다. 그리고 한 달 후 정말 멕시코로 떠났다. 잘 만든 다큐 하나가 지구 반대편의 사람들을 날아오게도 하는구나.

인천에서 멕시코시티까지는 14시간. 인천공항 최장거리 직항 노선이라고 한다. 두 번의 식사와 한 번의 컵라면. 그렇게 꼬박 14시간을 날아 멕시코시티에 도착했다. 이곳에서 시작해 산미겔데아옌데, 과나후아토, 바칼라르, 칸쿤, 툴룸을 찍고 오는 일정. 마음은 가볍게 위장은 무겁게 우리의 타코 트립이 시작되었다.

몸은 천근만근, 눈은 피로하지만 숙소에 짐을 풀자마자 밖으로 나섰다. 이제 겨우 오후 2시인데 지금 잠을 청해버리면 내일까지 시차적응 못해-는 핑계고, 한시라도 빨리 타코의 나라에서 타코를 맛보고 싶었기 때문이다. 멀리 걸어갈 필요도 없다. 로세라티에서 구워지고 있는 커다란 고기더미와 산처럼 쌓여있는 얇게 저민 돼지고기가 숙소 맞은편 식당에서 우릴 기다리고 있었다.

토르티야 위에 얇게 썬 고기, 파인애플, 양파, 고수, 두어 가지 소스와 라임즙. '타코 알 파스토르'다. 와, 내가 그동안 한국에서 먹은 타코는 진짜가 아니었나봐. 눈이 휘둥그레진 우리를 보고 주인아저씨가 만족스러운 듯 엄지를 치켜 보인다. 짜식들, 내 따꼬 맛 좀 봤냐? 긴 칼을 휘두르며 자유자재로 고기를 썰어내는 솜씨가 예사가 아니다. 다큐에 등장했던 타코 식당들을 모조리 구글맵에 저장해왔지만 안 그래도 될 뻔했다. 그냥 아무데서나 먹어도 이 정도인데 찾아가서 먹는 식당은 대체 얼마나 맛있다는 거야?

정신 차리고 보니 하나가 사라져있다. 간식으로 오며가며 언제고 먹는 음식이라고 하더니, 한두 개로는 성에도 차지 않는다.

이태리나 프랑스만 미식의 나라가 아니다. 멕시코에서도 내내 오감이 황홀했다. 눈, 코, 입, 귀가 전혀 지루할 틈이 없던 타코의 나라. 타코 골목에 서서 타코에 세르베사 맥주를 먹고 있노라면 미슐랭 3스타도 부럽지 않은 기분.

라드에 익힌 돼지고기와 부속물, 숯불을 입혀 구운 아사다, 냄비에 익힌 여러 종류의 스튜, 양지머리와 소고기, 콩과 야채, 튀긴 생선, 아가베 잎으로 감싼 고기와 하룻밤 내내 익힌 고기, 튀긴 곤충, 과카몰레와 라임, 고수와 색색의 살사 소스……. 뭐든 올리고 뭐든 감싼다. 이쯤 되면 토르티야 위에 멕시코의 육해공이 다 담겨 있다고 봐도 무방하겠다.

다음날 점심, 타코트립 대망의 이틀차를 맞아 한껏 들떠있던 내게 옆자리 테이블에 앉아 있던 청년이 말한다. 포크를 쓰는 건 타코가 아니지. 한손에 쥐고 머리를 가까이 들이밀어 크게 한입 와앙- 하는 시범을 보인다. 내용물을 흘릴 법도 한데 어쩜 저렇게 깔끔하게 먹는 걸까. 젓가락질도 해야 늘듯이, 타코 먹는 스킬도 그런가 보다. 하지만 흘려도 괜찮아. 젓가락질이 서툰 외국인에게 우리가 보내는 애정과 응원의 눈길, 나도 그런 걸 받았다.

참, 타코는 키스하는 것처럼 먹어야 하는 것을 아시는지? 최소 두 입에 나눠 먹되 네 입을 넘기면 안 된다. 한 입은 키스의 시작처럼 고개를 갸우뚱하게 돌리고, 두 번째가 최고고, 마지막은 마무리 키스처럼. 주먹보다 조금 더 큰 타코를 한입가득 넣고 우걱우걱 씹을 때 입속으로 퍼지는 토르티야 속의 고소함과 상큼함, 기름짐과 매콤함의 향연들. 아, 침이 고인다. 멕시코에 가고 싶다. 오늘 저녁은 타코를 먹어야겠다.

△▲△ 아무래도 멕시코는 미식의 나라다. 타코 외에도 맛있는 것 천지!

* 치차론
돼지껍데기를 튀겨 만든, 과자처럼 바삭한 식감의 주전부리

*치리모야
울퉁불퉁한 모양에 식감은 달콤새콤 망고 같은 과일.
메르까도(시장)나 마트에 가면 꼭 몇 개씩 집어오곤 했다.

미얀마의
공기놀이

미얀마 | 바간

여행을 떠나기 전, 한국에서 '새해 복 많이 받으세요'가 커다랗게
써진 근하신년 카드를 몇 장 사들고 갔다. 새해의 첫날을 타국에
서 홀로 맞는 건 처음이라 괜히 뭐라도 해보고 싶었던 모양이다.
미얀마 바간에서 맞는 1월 1일. 오늘도 여지없이 뜨겁고 건조한
날이 되겠구나. 조각구름 하나 없는 파란 하늘을 보며 새해의 첫
날을 자축한다.

Happy new year

謹賀新年

새해 복 많이 받아

올 해는 1월 1일에 너를 만나서 멋진 한 해가 될 것 같아

누구에게 줄지 모를 카드를 쓰고 숙소를 나서 냥우 마을로 향한
다. 나무그늘 아래 예닐곱 명의 어린아이들이 모여앉아 타나카

를 만들고 있다. 미얀마 사람들이 얼굴에 바르고 다니는 레몬색의 천연 자외선 차단제. 잘 마른 타나카 나무토막을 넙적한 돌판에 갈아서 가루를 내고 물을 개어서 만드는데, 바르면 시원한 느낌을 주기도 한단다.

나무토막을 갈고 있는 모양새가 벼루에 먹을 갈던 어린 시절을 떠오르게 한다. 은근슬쩍 무리에 끼어 자리를 잡고 앉아버린 내가 마냥 신기하고 웃긴가 보다. 영문 모를 까르르 까르르. 한 소녀가 타나카를 내민다. 양 볼에 쓱쓱, 이마에도 살짝. 나 이제 미얀마 사람처럼 보이려나?

새해 첫날부터 예상치 못한 환대가 너무 고마워서 이 아이들에게 새해 카드를 선물했다. 너무 약소하다. 두유 노 코리안 트래디셔널 게임? 이 언니가 게임의 신세계를 보여주마. 사방에서 자그마한 돌멩이들을 수집해온다. 아이들은 경계가 없고 별것 아닌 것에 감동한다. 내가 미얀마에서 새해 첫날부터 공기놀이를 전파할 줄이야. 이게 바로 문화외교 아니겠어.

고무줄놀이나 땅따먹기는 영 취미가 없었고, 어릴 적 내가 가장 좋아하던 놀이는 공기놀이였다. 동네 언니들 틈에 껴서 처음 공기놀이를 시작했을 때에는 언니들 중 어느 누구도 나를 같은 편으로 원하지 않았다. "너는 그냥 깍두기 해. 2단부터 엉망이잖아." 만년 깍두기 신세인 게 억울해서, 나를 끼워주지 않으려는 언니들이 미워서, 틈만 나면 연습을 하고 또 했다. 1단은 절대 실패하는 법이 없게 되었고, 너비가 꽤 벌어져 놓인 공기도 쓱 집어낼 수 있는 수준에 도달했다. 의외로 4단은 쉬웠다. 그리고 꺾기. 이

단계에 오면 심장이 묘하게 빨라지면서 손에 바짝 힘이 들어갔다. 너무 긴장한 나머지 손바닥을 있는 힘껏 뒤집게 되면 바로 끝장이었다. 손바닥 위에 옹기종기 모여 있었던 공기 다섯 알은 순식간에 사방팔방 흩어져버렸다. 멋쩍어진 손등을 바라보며 엉엉 울기도 했던 것 같다.

어느 순간부터 동네의 공기놀이 에이스는 나였다. 내게는 1단도, 2단도, 3단도, 4단도, 꺾기도 모두 수없는 연습의 과정이 필요했고 어느 단계 하나 만만치 않았는데, 이 아이들은 이상스럽게도 꺾기에 능하다. 시간가는 줄 모르고 한참을 엉성한 시멘트 바닥에 쪼그리고 앉아 공기를 했는데, 녀석들은 매번 3단에서 실수를 하곤 했다. 이런 귀여운 녀석들. 헌데 꺾기만큼은 실패하는 법이 없다. 손바닥만 뒤집었다하면 돌멩이 다섯 알이 몽땅 손등 위로 안착했고, 그것들은 다시 손아귀에 휙 잡혔다. 모든 과정들이 쉽고 간단하고 빨랐다. "5years!!" 까르르 웃으며 잽싸게 돌멩이를 다시 흩뿌려 1단을 시작하는 아이들. 거참 신기하네. 꺾기를 유난히 잘하는 피가 흐르는 건가 미얀마 어린이들은. 걱정 마, 언니가 금방 따라잡아줄게.

집중을 하느라 하도 미간을 찌푸려 얼굴에 바른 타나카가 미간 주름 자국대로 말라버렸다. 이 아이들 오늘 나와 헤어져도 한동안 공기놀이 하면서 놀겠구나. 매일 돌멩이와 씨름할 녀석들의 모습이 그려져서 웃음이 난다.

생각해보면 그런 사람들이 있다. 중간과정은 어찌저찌, 마무리는 기똥차게. 부럽기도 하고 신기하기도 한 노릇인데, 삶이라는 것은 내가 못하면 우리 편 누군가가 대신 해주고 나는 마무리 하나 잘해내서 금세 승승장구할 수 있는 그런 성질의 것이 아니라는 것을 이제는 안다. 타고나기를 1단, 2단, 꺾기까지 잘하는 사람이 아니라서, 나는 시간을 쪼개고 애를 써서 하나하나 익혀야만 했다. 삶은 공기놀이와 달라서 내 편은 나뿐이다. 깍두기는 없다. 가끔은 늘상 깍두기였던, 손바닥이 작았던 내가 그립다.

해피 뉴이어, 투 마이 프렌즈!

축제의 끝,
브라질
삼바카니발

나는 여기 이렇게 있기 위해 잔머리를 굴렸고 시간을 썼으며 손가락을 바삐 움직였다. 새로 고침을 여러 번 하는 수고로움 따위는 아무 것도 아니지 뭐. 에어비앤비, 호텔, 심지어 3층 침대(3층 침대가 있다는 것도 이때 처음 알았다)를 쓰는 10인 호스텔 룸도 빈 방이 없단다. 천정부지로 치솟은 숙박비라도 괜찮으니 딱 하나만 나와라 하다가, 후기가 하나도 없는 에어비앤비를 발견한다. 초보 호스트가 이제 막 렌트를 시작한 집이었고 올라와 있는 사진도 몇 장 없지만 선택의 여지가 없다. 오케이, 숙소는 이제 됐고.

리우 카니발의 삼바드로모(공식 경기장에서 펼쳐지는 삼바 퍼레이드) 티켓은 한 장밖에 구하지 못했다. 뭐, 후기 보니까 암표로 살 수는 있다던데 뭐……

평소 삶의 태도가 '어떻게든 되겠지'인 사람은 이럴 때 좋다. 실제로 여행을 하다 보면 어떻게든 다 되더라. 나는 이번 남미여행에서 다 포기하고 하나만 택하라고 하면 리우카니발이야. 난 하고 싶은 건 하는 사람인거 알지? 웬만해선 어떻게든 한다니까! 그러니까 걱정 말고 가자, 가.

일생을 작업실에서 발라드 음악을 만들고 가사를 쓰던 남자를 끌고, 그렇게 리우데자네이루로 향했다. 코파카바나 비치 앞의 스무 평짜리 아파트는 너무 근사했고, 우리의 성공적인 리우 입성을 자축하며 마트에서 잔뜩 장을 보고 와서 세상에서 제일 맛있는 파스타를 만들어 먹었다. "오 마이 갓, 우리가 리우 카니발에 있어!" 사실 흥분한건 나뿐인 듯 했지만, 그래도 내가 좋으니 됐어.

내일부터 나흘간 리우의 삼바 카니발이 시작된다.

삼바 세계에서 발라드 하는 남자는 분명 괴로웠으리라.

저랑 사느라 고생이 많네요.

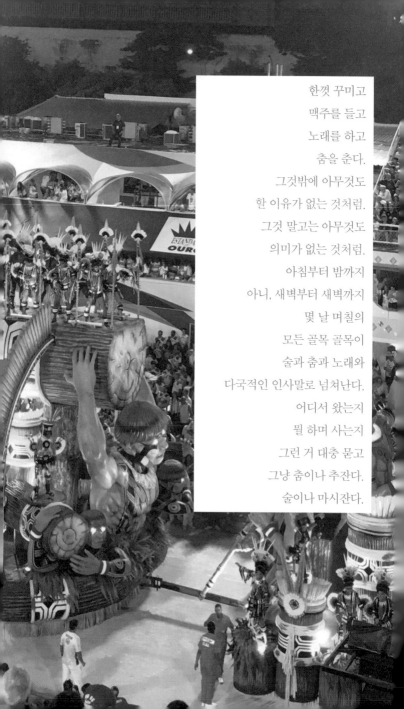

한껏 꾸미고
맥주를 들고
노래를 하고
춤을 춘다.
그것밖에 아무것도
할 이유가 없는 것처럼.
그것 말고는 아무것도
의미가 없는 것처럼.
아침부터 밤까지
아니, 새벽부터 새벽까지
몇 날 며칠의
모든 골목 골목이
술과 춤과 노래와
다국적인 인사말로 넘쳐난다.
어디서 왔는지
뭘 하며 사는지
그런 거 대충 묻고
그냥 춤이나 추잔다.
술이나 마시잔다.

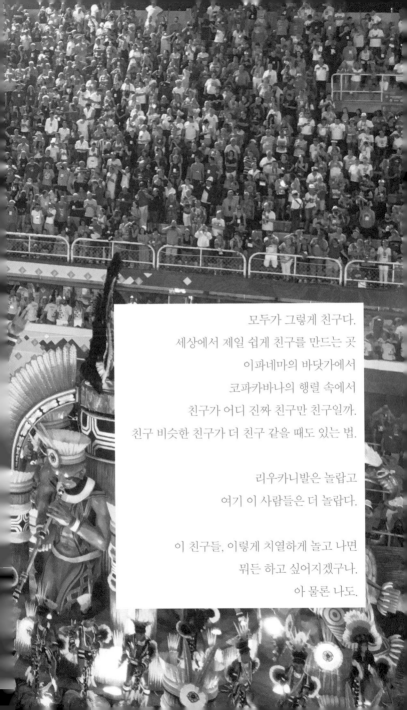

모두가 그렇게 친구다.
세상에서 제일 쉽게 친구를 만드는 곳
이파네마의 바닷가에서
코파카바나의 행렬 속에서
친구가 어디 진짜 친구만 친구일까.
친구 비슷한 친구가 더 친구 같을 때도 있는 법.

리우카니발은 놀랍고
여기 이 사람들은 더 놀랍다.

이 친구들, 이렇게 치열하게 놀고 나면
뭐든 하고 싶어지겠구나.
아 물론 나도.

오픈카를
타고
달리는
72번국도

쭉 뻗은 해안 도로를 따라 오픈카를 타고 달리면 바람결에 머리카락이 날리고 햇살에 눈이 부실거야. 그래도 이 놀라운 풍경을 함께 담을 수 있다면 그게 바로 파라다이스 아니겠어. 하와이 오픈카 로망이랄까. 좀 진부하고 뻔해보여도 낭만적이잖아. 생각해봐, 서울에서 오픈카를 어떻게 타겠어. 강변북로는 이렇게 막히고 미세먼지는 나쁨에 날씨도 꿀꿀한데. 아, 그리고 무엇보다 운전할 오픈카도 없잖아. 어차피 오아후에 가면 렌터카는 필요하거든. 이왕 렌트할 거, 뚜껑 열리는 애로 하자는 거지.

컨버터블 차량을 예약했더니 검은색 머스탱이 우리에게 왔다. 투박하고 솔직한 느낌의 차로구만. 한국에서는 타볼 일도, 도로 위에서 만날 일도 거의 없는 차라 신기하다. 이 차의 하이라이트는 뭐니 뭐니 해도 달릴 때 나오니까, 옷만 갈아입고 빨리 나와서 달려보자.

렌터카를 픽업하고 숙소까지 가는 시내길. 승차감이 놀랍도록 솔직하다. 도로의 표면상태를 고스란히 느끼게 해주는 이 투명한 승차감이라니. 바람까지 맞으면 정말 신나겠어.

오늘의 계획은 72번 국도를 따라 달리는 것. 오아후의 72번 국도는 해안을 따라 많은 관광명소를 만나볼 수 있기 때문에 드라이브 코스로 유명하다. 할로나 블로우홀, 평화로운 카일루아 비치, 노스쇼어, 샥스코브, 터틀비치 등, 굳이 목적지를 설정해놓지 않아도 길을 따라 쭉욱 달리다가 풍광이 멋진 곳이 나오면 잠시 차를 세워두고 기가 막힌 뷰를 즐기면 그뿐이다.

하지만 우리는 결국 오픈카를 오픈하지 못했다. 와이키키 시내에서 출발할 때는 "여기 너무 복잡하잖아. 좀 더 벗어나면 열자." 그리고 나서는 "속도내서 잘 달리고 있는데 뭘 세워. 더 가서 다음 목적지에서 열자." 결국 내 성화에 못 이겨 컨버터블을 컨버터블답게 오픈해버렸는데 시동을 걸고 출발한 지 10분도 안 돼 스톱을 외치고야 말았다. 오후2시, 인정사정없는 햇볕은 어떻게 해도 피할 도리가 없고, 선글라스를 껴도 눈이 부셨으며, 피부가 말 그대로 바싹 익어버릴 기세였기 때문이다. 음악의 볼륨을 키우고 엉덩이를 들썩이며 컨버터블 드라이브 무드에 맞춰 한껏 흥을 올려봤지만, 속으로는 다음번 목적지에서 슬그머니 지붕을 내려야겠다고 생각한 찰나 그가 말한다. "뚜껑 닫자……"

어릴 적부터 숱하게 봐온 미국 영화 속 주인공들은 뙤약볕에서도 잘만 달리던데, 역시나 현실과 이상은 다르다. 그래도 어디 가서 말할 순 있겠다. 하와이에서 오픈카 타고 달려봤어?

우리는 렌터카를 반납할 때까지 내내 지붕을 꼭 닫은 채로 다녔다. 지붕은 막으라고 있는 거 아니겠어? 해봤으니 됐다. 멋진 10분이었어.

마드리드
스케치드로잉

다들 마드리드 별거 없다고, 혼자라면 더더욱 그럴 거라고 했다. 국제공항이 있는 곳이니 스페인을 여행한다면 밟을 수밖에 없는 도시일 테지만, 여행자에게는 그냥 관문 같은 곳이라고. 다른 남부도시나 바르셀로나에 하루라도 더 머무는 게 나을 거라고.

나의 스페인 여행에 굳이 타이틀을 달자면 '퇴사 기념' 여행. 후련하고 섭섭하고 불안하고 설레는 다양한 감정이 뒤섞였던 즈음이라 여행일정에 대한 조언 따위를 귀담아들을 리 만무했다. 아니, 내가 지금 정규직 아나운서를 마다하고 뛰쳐나가는 마당에 마드리드에 며칠 더 있고 말고가 뭐 중요해. 앞으로 먹고사는 문제가 달린 중차대한 결정도 끝냈는데 어딜 어떻게 가는 게 뭐 그리 대수란 말이야. 결국 스페인 남부, 안달루시아에 가기로 마음먹었고 내키는 대로 일정을 짰다.

아무리 별 게 없다고 해도, 어쨌거나 수도인데 하루이틀 있다 가는 게 말이 되나 싶었는데, 사람들의 얘기는 진짜였다. 숙소 근처였던 마요르 광장에서 출발해 산미구엘 시장을 구경하다가 바르(bar)에서 타파스 두어 접시에 마오우 맥주로 요기를 하고, 마드리드 왕궁까지 구경했는데 아직 오후 4시. 골목 구석구석, 왕궁 주변을 천천히 걸으며 버스킹 공연을 감상하고, 아기자기한 소품가게를 둘러보고, 목도 축였다가 커피도 마셨다가 했는데도 저녁이 안됐단 말이야?

돈키호테 동상이 있는 에스파냐 광장도 엎어지면 코 닿을 거리. 괜스레 ZARA매장에 들어가 면 티셔츠를 하나 사고 그란비아 거리의 작은 카페 야외석에 앉아 추로스와 쇼콜라를 시킨다. 갓 튀긴 추로스에 따끈하고 진한 쇼콜라를 푹 찍어 크게 한입 앙. 그래 이게 별거지 뭐. 마드리드 나흘 차쯤 돼야 소화할 수 있을 거라 예상했던 일정들을 반나절 만에 끝내버려서 조금 당황했을 뿐이다.

9월 초. 해가 지는 시간은 밤 아홉시. 왕궁주변을 하릴없이 서성이다가 아무 계단에고 걸터앉았다. 거리의 악사가 바이올린을 켰고 하늘은 채도 높은 주황색으로 물들어갔다. 아름답네. 지금 시간이면 신경질적으로 알람을 끄고 일어나 출근 준비할 때인데. 아! 나 이제 직장인 아니지. 채도 높은 주황색으로 물들어가는 하늘을 보며 눈물이 핑 돌았다. 앞으로 며칠 더 마드리드에 있을 텐데 뭘 하면 재밌을까. 여행 플랫폼을 뒤적이다가 '스케치투어'란 걸 발견했다. 이거네 이거.

다음날 마요르 광장에서 만난 이안 쌤. 이렇게 젊은(!) 남자 선생님이 나타날 줄은 몰랐는데 하며 1차 당황, 만나자마자 펠리페 3세 동상 근처에 철푸덕 앉아 바로 드로잉을 시작한다기에 2차 당황해 벙쪄 있는 내게 '마음 가는대로, 손 가는대로 그리시면 돼요. 잘하려고 하지마시고'라고 한다.

손바닥만 한 무지 노트를 채우는 게 왜 어려운거지. 과감하게 선을 긋는 게 너무 어렵다. 갈 곳을 잃은 모나미 볼펜에서 유성잉크가 흘러나와 너저분한 흔적을 남긴다. 망했다. 에라, 모르겠다. 어차피 망한 거 될 대로 되라지 하는 마음으로 쓱쓱쓱. 볼펜 똥 덕에 멋대로 드로잉이 5분 만에 빠르게 완성된다.

"와 멋진데요?" 첫 스케치를 끝내고 나서야 드로잉에 대한 간단

한 설명이 이어진다. 솔 광장으로 자리를 옮겨 시청의 모습을 담아보고, 곰 동상도 그려본다.

내 눈 앞에 펼쳐진 이 모든 걸 다 담을 순 없다. 어디서부터 어디까지 그릴건지, 무얼 생략할지 결정해야 한다. 프로의 스케치엔 잔터치가 없다. 잘하겠다는 마음을 버려야해. "스케치북을 보지 않고 사물만 본채 그리는 드로잉을 해보세요. 도움이 될 거예요." 잘 그리는 게 목표가 아닌, 자유로운 선으로 경직된 손을 풀기 위한 드로잉. 지나치게 터프한 선에 형태도 엉망인 그림이 나왔지만, 정말 손도 마음도 풀린다. 이 사람 좋은 선생님이구나. 스케치를 보면 그 사람의 성격이 보인다고 했다. 나는 생각도 욕심도 많은 사람. 대번에 들켜버렸다.

그란비아 거리를 오가는 사람들 가운데 몇은 우리를 보고 엄지를 들어 보인다. 세상 심각한 얼굴로 서서 이 거리를 그리고 있는 우리가 제법 멋졌나보다. 새삼 기분이 좋아진다. 무언가를 이토록 유심히 본적이 있었던가? 본 것을 내 식대로 표현하기 위해 고민해본 적이 있었던가? 생각지도 못했다. 난 그동안 정말 무심하게 살았던 게 아닐까. 몰랐다. 아마 오늘이 아니었더라면 계속 몰랐을지도 모르겠다.

남은 여행에서도, 아니 서울에 돌아가도 종종 이런 시간을 가져야겠다고 다짐했다. 볼펜과 종이만 있으면 안보이던 게 보이고 새로운 걸 만들어낼 수 있다. 그란비아의 교차로, 솔 광장, 알무데나 대성당은 여전히 선명하게 떠오른다. 마드리드는 볼 게 없다는 말은 사실이 아니다. 여행은 늘 예상치 못한 걸 가르쳐준다.

고산병
입니다만

쿠스코에서 우유니로

페루의 쿠스코 공항에서 짐을 찾고 나오니 말린 잎사귀가 잔뜩 놓여 있는 커다란 바구니가 보인다. 이따금 바구니를 들고 다니며 그 잎을 몇 개씩 쥐어주는 페루인도 있다. 이거 지금 강매하는 건가? 한눈 판 사이에 혹시 소매치기? 리마에서부터 잔뜩 경계 모드로 여행하는 게 인이 박혀서, 내게 그 잎사귀 몇 개를 내미는 페루 아이를 못 본 척 빠르게 지나간다.

"어? 미정 씨 그거 챙기셔야 돼요." 쿠스코에서부터 라파즈, 우유니까지 동행하기로 한 여행팀의 가이드분이 급하게 멈춰 세운다. 말린 잎사귀들의 정체는 코카. 코카인의 원료 그 코카 잎이다. 내가 잘못 들었나? 코카 잎이라는 말에 눈을 부릅뜨고 다시 한 번 경계태세. "걱정 마세요. 코카 잎 자체에는 마약성분 없습니다. 고산병에 도움 돼요."

바구니에서 코카 잎을 한 줌 가득 집어 주머니에 챙긴다. "고산병 약은 미리 좀 드셨나요? 아님 이거라도 좀 씹으시고요." 끄트머

리를 살짝 뜯어 조심스럽게 입에 가져가본다. 윽, 상상을 초월하는 쓴맛. 엄청나게 쓰디쓰다. 코카 잎은 도파민분비를 촉진시켜 심장박동수를 높이고 신경을 흥분하게 만드는 효능이 있단다. 이쯤 되면 성분 때문이 아니라 너무 써서 그런 효과가 나는 게 아닐까 싶은데 별 수 있나. 여기서는 하란대로 하는 게 약이다. 대체 고산병이란 게 어떤 느낌인건지, 어느 정도인건지 가늠조차 안 된다.

이곳 쿠스코의 해발고도는 3400미터. 그리고 우리의 다음 여정지인 볼리비아 라파즈는 3700미터, 우유니는 4000미터의 해발고도다. 서울시청 앞 잔디광장의 해발고도가 27미터, 한라산이 1900미터라고 하는데 일평생을 땅에 붙어살다가 그로부터 3~4킬로미터나 높이 올라와 있다는 게 좀 놀랍기는 하지만, 숫자만 보면 '그래서 그게 뭐' 하게 되는 것도 사실이다. 보통 대부분의 사람들은 2400미터가 넘는 고도에서부터 혈중산소함량이 낮아지고 뇌압이 높아져 고산증세를 겪는다고 하는데, 사람마다 나타나는 증상과 정도는 제법 차이가 있단다. 재밌는 건 이 고산병이라는 게 평소 체력과는 상관이 없다는 거다. 근육량, 운동신경, 신체능력과 무관하고 그저 체질에 따라 달라진다고 하니 내가 과연 고산증세를 얼마나 어떻게 겪을지 알 수 없는 노릇이다.

공항에서 나와 차를 타고 숙소에 도착했다. 여기서 이틀 정도 머물다가 오얀따이땀보, 아구아스 깔리엔떼스를 거쳐, 국경을 넘어 볼리비아 라파즈, 그리고 우유니로 갈 계획이다. 고산 적응을 위해 나름대로 과학적으로 설계한 루트였다. 체크인을 하고 숙소 계단을 오르는데 숨이 차다. 느린 걸음으로 천천히 발걸음을 옮기는데도 이미 100미터 달리기를 전력질주하고 난 후의 호흡상태. 와, 이거 뭐지. 물을 잔뜩 머금은 스펀지마냥 몸이 무겁다. 구역, 구토, 식욕 감퇴, 기침, 호흡장애. 여기까지는 고산병의 일반적인 증상인데, 때로 호흡곤란으로 기절을 하거나 5~10퍼센트의 사람들은 폐부종과 뇌부종을 겪기도 한다고 들었다.

지레 겁을 먹고 공항에서부터 쓰디쓴 코카 잎을 씹었던 덕분인지 숨이 가쁜 것 외에는 별다른 특이사항이 없는 나와는 달리 짝꿍의 두통이 심상치 않다. "나 너무 머리가 아파."

아스피린도 타이레놀도 효과가 없다. 숙소 근처 약국에서 소로치필이라는 고산약과 휴대용 산소통을 샀지만, 이미 증상이 시작된 고산병은 쉬이 사라지지 않는다. "쿠스코에서 고산증상이 이 정도면 비니쿤카에 가는 건 무리예요. 여기서 좀 쉬다가 마추픽추에 다녀오고 천천히 라파즈와 우유니로 갑시다."

스무 명 남짓한 일행 가운데 대여섯 명은 살면서 처음 경험하는 낯선 고통에 너무 힘겨워 하고 있었다. 비니쿤카 레인보우 마운틴을 보는 게 버킷리스트여서 신혼여행으로 남미를 선택했다는 일행은 만류에도 불구하고 다음날 비니쿤카에 올랐다. 그리고 그날 저녁 새파랗게 질려 응급실에 다녀온 두 사람을 보며 '신부가 저렇게 고생하는데 하드코어 신혼여행이네'라고 속으로 생각했지만 어쩌리, 나조차도 짝꿍을 끌고 여기까지 온 것을.

쿠스코에서부터 시작된 짝꿍의 고산증세는 결국 우유니여행이 끝날 때까지 사라지지 않았다. 당시의 사진을 자세히 들여다보면 둘 다 안쓰럽기 짝이 없다. 머리를 감거나 샤워를 하면 체온이 낮아져 고산증세가 심해진다기에 최대한 씻지 않았고, 입맛을 잃어 거의 굶다시피 한데다가, 걸핏하면 싸우는 신혼부부 일행의 눈치도 봐야했고, 쓰디쓴 코카 잎을 씹는 통에 인상은 자꾸만 찌푸려졌다. 고산병이 나를 비켜갔다며 철없이 방방 뛰어다니다가 막바지에 몸살감기를 얻어 우유니에선 고열과 함께 시름시름 앓았다.

이것도 지나고 나면 추억이겠지?

푸석거리는 손을 맞잡으며 골골거리던 우리가 생생하다. 우리가 맞았다. 사진을 들춰볼 때마다 그립다. 이루 말할 수 없을 정도로 힘들었지만 도저히 표현이 안 될 정도로 아름다웠던, 해발고도 4000미터 위에서의 날들. 부족한 산소를 사랑으로 메웠다고 밖에. '괜찮아? 괜찮겠어?' 눈만 마주치면 습관처럼 묻곤 했던 그때의 우리는 참 예뻤다.

낮에도
핫한
비치클럽에서의
하루

발리에서는 1일 1비치클럽!

스미냑이나 짱구에 머물고 있지 않더라도 일부러 일정에 넣을 정도로 이미 '발리 필수 여행코스'가 되어버린 비치클럽. 해안가를 끼고 있지 않아도 통칭 '비치 클럽'이라고 불리는 발리의 이 비치클럽들은 수영장이 없는 저렴한 빌라나 호스텔, 작은 호텔에 묵는 배낭여행객들에게 온종일 먹고 마시고 풀에서 놀 수 있는 더할 나위없는 선택지이다. 풀 옆에 누워 온종일 멍하게 있을 의무, 말해 뭐하겠어.

일찌감치 가야 명당자리를 선점할 수 있다는 게 어젯밤 SNS에서 찾아본 인플루언서들의 친밀한 조언이었다. 낮에는 여유롭게 선베드에 누워 책을 읽거나 수영을 하고, 밤에는 맥주나 칵테일을 마시며 음악과 함께 신나는 시간을 보낼 수 있다기에 작정하고 짱구로 갔다. 수영복과 선글라스, 자외선 차단제를 챙긴다. 한낮에도, 해질 무렵에도, 밤에도, 오늘 하루는 여기서 보내야지.

여기는 La Brisa(라 브리사). 짱구해변을 바라보며 멍하니 앉아 있다가 풀에 풍덩 들어가 물놀이를 즐기고, 비트에 맞춰 몸을 흔들다 보니 어느새 해질녘이다. 이 무렵의 선셋 풍경은 그 어떤 말로도 표현이 안될 만큼 로맨틱한데, 넘실거리는 파도와 지평선 너머로 붉은 빛을 품은 노을이 점차 온 하늘을 물들이다가 바다 속으로 숨어버리는 그 시간은 너무나 아름다워 한순간도 눈을 떼기 어려웠다.

노을이 지고 어느 새 어둠이 찾아온 짱구의 밤은 비치클럽의 분위기도 바꿔놓는다. 한낮의 열기와는 또 다른 흥겨움. 하우스 음악에 리듬을 맞춰 이곳 La Brisa도 둠칫둠칫. 비치를 바라보는 자리든, 수영장 바로 옆자리든, 그 어떤 자리든 좋다.

발리에 오면 1일 1비치클럽, 인정!

Chile San Pedro de Atacama

여행자의 마을

자본주의의
맛

아빠, 들어올 때 아이스크림!

통화는 늘 이렇게 외치는 걸로 끝이 났다. 퇴근길 아빠의 손에 들린 검은 비닐봉지 안에는 메로나가 반, 비비빅이 반이었고, 나는 그 연두색 작은 기둥이 세상에서 가장 맛있는 음식이라고 생각했다. 춥춥춥. 입가며 손이며 볼록한 배 위로 끈적끈적한 흔적이 훈장처럼 남는다. 칠칠치 못하다는 핀잔을 주면서도 입가를 제 손으로 쓰윽 훔치는 엄마의 냄새도 좋았다.

조금 머리가 커져 바닐라와 초코 말고 무려 서른 가지가 넘는 종류의 아이스크림을 파는 가게와 처음 마주했을 때, 그것은 세상이 내게 준 첫 당혹감이었다. 이름만으로는 당최 그 맛을 상상할 수 없는 아이스크림들 앞에서 나는 최대한 당당한 자세를 보이기 위해 점원 언니의 친절한 미소에도 대꾸하지 않았다. 그래, 난 쫄지 않았어. 괜찮았어.

이름이 길고 어렵고 비싼 그 아이스크림 맛에 빠져, 나는 한동안 아빠의 메로나 아이스크림이랄지, 바닐라나 초코 아이스크림이랄지, 뭐 그런 시시한 아이스크림 따위는 거들떠도 안 보는 건방진 아이였다.

자라면서 힘들고 아플 때, 혹은 기쁠 때나 기념할 만한 날에 아이스크림을 찾았다. 여행을 하게 되면서부터는 그 도시의 아이스크림을 맛봤다. 낯선 도시를 여행하더라도, 낯선 언어로 쓰여 있어도 어렵지 않게 본인 취향의 아이스크림을 고를 수 있었다.

무려 2주 만에 아이스크림 가게를 찾았다. 끝도 없이 펼쳐지는 소금사막과 라구나 콜로라도, 새빨간 호수와 플라멩코, 알티플라노 고원, 간헐천, 유황을 내뿜는 지열지대는 경이롭고 아름다웠으나 나는 너무 지쳐있었다. 지프차를 타고 길도 나 있지 않은 길을 달리는 것도, 내렸다 섰다를 반복하는 것도, 찬물에 양치질이나 겨우 하는 것도, 추위에 벌벌 떠는 것도, 이미 화상을 입은 목덜미를 감싸는 것도 이제 그만하고 싶었다. 해발 5000미터에 결국 졌다. 머리가 너무 아팠고 숨쉬기가 불편했다. 차가 덜컹거릴 때마다 엉덩이뼈에서 경추를 따라 정수리까지 통증이 왔다. 내셔널 지오그래픽에서나 볼 법한 풍광이 눈앞에 있어도 아무것도 들어오지 않았다. 됐고, 빨리 낮은 곳으로 내려갔으면, 따뜻한 물로 샤워 좀 했으면, 제대로 된 숙소에서 잠 좀 잤으면, 사람 사는 곳에 좀 갔으면 싶다.

그렇게 만난 아이스크림 가게였다. San Pedro de Atacama (산

페드로 데 아타카마), 여기는 세상에서 가장 건조한 사막마을. 그리고 여행자들의 쉼터. 아타카마 사막의 한가운데 있지만 어쨌든 드디어 마을이다. 해발 2000미터대로 내려오니 이렇게 세상이 아름답네. 건조함에 코 속이 바싹 말라 찢어지고 입술이 죄다 부르터도 웃음이 난다. 와, 나 드디어 돈을 쓸 수 있게 된 거야? 우유니고 나발이고 아이스크림이 제일 감동이다.

"여기가 아타카마에서 엄청 유명한 가게래. 난 더블로 먹는다?"

이거랑 이거. 손가락으로 가리키고 흐뭇하게 기다리는 아이스크림계의 프로페셔널. 그리고 옆에서 한참을 주춤거리다,

그럼 난 바닐라.

아 맞다. 나는 바닐라와 초코 밖에 모르는 남자와 여행하고 있구나. 아이스크림 하나를 손에 들고 환하게 웃는 그의 머리 위로 바싹 마른 사막의 햇살이 건조하게 부서진다. 가끔 모래 바람이 일고 의미를 알 수 없는 다국적인 언어들이 여행자 마을의 골목마다 흘러넘친다. 녹기 전에 한 입. 오늘밤은 드디어 뜨거운 물로 샤워를 할 수 있겠구나. 오늘의 아이스크림은 할머니가 되어서도 잊지 못할 것 같다고 생각했다.

와인,
그리고
도시의 맛

나이 들면 공기 좋고 물 맑은 데 집짓고 살겠다는
전원생활의 로망 따위는 한 번도 가져본 적 없는 사람.
정상에서 자연과 세상을 내려다보기 위해서가 아닌,
땀 흘리며 칼로리 소모하는 데 이만한 게 없어서
등산을 좋아하는 사람.
파도가 치고 작열하는 태양에 고운 모래가 반짝여도
백사장보다 리조트 수영장에 몸을 담그는 사람.
나는 그런 사람.

드디어 산티아고. 공항에 내리자마자 콧속으로 훅 들어오는 대
도시의 느낌이 달큰하다. 쿵쿵. 적당한 매연과 소음이 이토록 사
랑스러울 일인가. 사람과 사람사이의 촘촘한 밀도가, 이 부대낌
이 너무 그리웠나보다.
산티아고에서의 첫 일정은 와이너리 투어하기. 노란색 버스를

타고 콘차이토로 와이너리에 도착했다. 까시예로 델 디아블로. 와인을 잘 모르는 내게도 친숙한 와인이니, 칠레에서도 손꼽히는 대형 와이너리다. 끝없이 펼쳐진 포도밭을 거니는 것만으로도 오늘의 투어는 이미 성공적이다.

"포도밭의 포도는 마음껏 따먹어도 좋아요." 콧수염이 귀여운 가이드 청년은 내내 유쾌하다. 포도 종마다 맛이 전부 다른 것도 신기하고, 서늘한 와인창고에서 저마다의 방법으로 숙성되는 것도 신기하고, 와인도 모르면서 주는 대로 꿀떡꿀떡 시음하는 나도 신기하고.

이게 도시의 맛이로구먼! 술술술술. 이 넓은 와이너리에서 귓불까지 빨간 건 나뿐이네. 레드와인보다 붉은 얼굴로 헤실거리던 내게 이 도시는 그냥 사랑이라고. 투어를 시작하며 각자의 손에 쥐어준 시음용 와인잔은 기념 선물로 가져가란다. 아니 이게 사랑이 아니면 뭐야?

사막과 하늘, 그리고 그곳에 떠 있는 달과 별의 찬란함과 위대함을 칭송하다가, 오늘 인공의 도시에 돌아오니 도시 밖으로 나가고 싶지 않아졌다. 그 편리함이, 그 안락이, 그 휘황함이 사막과 하늘과 달과 별보다 달고 달았다. 춥고 어둡고 목말랐던 고원의 밤이 남의 일처럼 느껴지는 오늘. 안락만 쫓느라 그 별과 달을 다 잊는 사람이 될까 한편 아쉽고 두려웠지만, 그래도 오늘만큼은 이 도시가, 이 와인이 좋다.

나는 그런 사람.

납작복숭아가
대수

딱 내 주먹만 한 크기의 잘 익은 천도복숭아를 한입 크게 베어 문다. 새콤달콤이란 게 이런 맛일 테지. 행복이 멀지 않다면 여름의 천도복숭아에 있다. 입가로, 쥐고 있는 손가락 틈으로 과즙이 흐른다. 혀를 내밀어 흐르는 과즙을 잽싸게 훔친다. 반대편 손등으로 대충 쓰윽 문질러 닦는다. 곧 끈적거리겠지만 뭐 어때. 이렇게 짧은 시간에 이토록 놀라운 행복감을 주는 대가가 이 정도라면 얼마든지 흐르라지.

미정 씨는 납작복숭아 먹어봤어요?
진짜 그렇게 맛있어요?

한국에서 납작복숭아가 인기 있다는 것을 안 것은 2년 전쯤이었다. 유럽여행을 가면 납작복숭아 후기를 인증하는 게 트렌드라는 것쯤은 SNS를 하는 사람이라면 어렵지 않게 알 수 있는 일.

유명 식당도 아니고 마트에 가면 흔하디흔한 제철과일이 한국인
들에게 이렇게 인기를 끌줄이야. 어린아이 주먹만 한 작은 크기
에 도넛 같기도 하고 엉덩이 같기도 한 납작한 모양새가 꽤 사랑
스럽다. '너무 달고 맛있어서 한국으로 가져가고 싶다', '자꾸 생
각나는 맛'이라는 칭찬 일색의 한결같은 후기를 보니 '그렇다면
나도 꼭 먹어봐야지' 하는 마음이 드는 것이다.

여름의 끄트머리의 포르투. 납작복숭아를 위해 여행 일정을 당
겼다면 믿을 수 있을까. 내가 9월의 유럽을 포기했다는 건 정말
대단한 결심을 했다는 뜻이다. 한여름의 열기를 품은 도루 강은
매일같이 아름다웠고, 1층이 식당이었던 나의 숙소는 매일 아침
저녁으로 바칼라우(대구)를 굽는 냄새가 올라왔지만 그마저도
식욕을 돋우니 좋다고 할 정도로 나는 이 도시에 완전히 반해 있
었다. 틈만 나면 루이스 다리를 오며가며 도루 강을 굽어보았고,
그때마다 포레의 〈시실리안느〉를 떠올리곤 했다.
여분의 에코백을 구겨 넣고 볼량 시장으로 갔던 날. 무려 서울에
서부터 계획한 쇼핑이니까 이 에코백을 가득 채워서 오리라 다
짐한다. 문제의 납작복숭아를 종이봉투에 담고, 서양배도 좀 담
고, 고기와 버섯, 버터를 담고, 포트와인까지 한 병 담아본다. 가
격이 저렴해 자꾸 담다보니 결국 생각한 금액을 넘어버린다. 안
사면 100퍼센트 할인이라고 누가 그러던데, 딱 그 꼴이다. 한쪽
어깨에 이는 걸로는 무게를 감당할 수 없어 양팔로 한아름 들어
안고 돌아오는 발걸음이 꽤나 경쾌하다.

음…… 음? 이게 왜? 음…….

그래, 내 취향은 천도복숭아인걸로. 숙소에 돌아와 납작복숭아를 한입 베어 물고 나서야 취향을 확실히 깨닫는다. 접시를 닦는데 창문을 타고 바칼라우 냄새가 올라온다. 벌써 저녁 먹을 시간인가? 장 봐온 고기는 내일 굽고 오늘 저녁은 1층 식당에서 먹어야겠다.

내가 너무 좋아했던 부천서초등학교 5학년 8반 내 짝꿍에게선 항상 고기 굽는 냄새가 났었는데(엄청 큰 고깃집 딸이었다), 자기는 그게 너무 싫다고 항상 풍선껌을 씹곤 했다. 지금에서야 그 아이의 기분이 뭔지 알 것 같은 기분. 포르투에서 나는 항상 바칼라우 냄새를 풍기며 다녔겠지.

납작복숭아를 먹다가 바칼라우로 끝나는 포르투의 하루. 여름의 맛은 적당히 달았다.

결론은, 포르투에선 바칼라우를 먹자!

Ilha de Moçambique

영원히
잊지 못할
체험 넘버원,
스카이다이빙

| 미국 | 하와이

- ☑ 모험심: 과함
- ☑ 안전 불감증: 있는 편
- ☑ 관종력: 상당함
- ☑ 고소공포증: 없음

이러한 습성들이 모여 인간화된 것이 바로 나. 그러니까 '스카이다이빙'이라는 것은 할 수 있느냐 혹은 할 수 없느냐의 문제가 아니라, 기회만 된다면 고민할 필요도 없이 당연히 해야 되는 종류의 일이라는 거다. 돈 주고 왜 고통 받는 거냐고 묻는다면, 이 경험은 돈 주고도 못 산다고 답하겠다.

Regular는 224달러, Ultimate은 244달러. 떨어지는 높이의 차이란다. 11000피트 자유낙하 20초냐 15000피트 자유낙하 60초냐. 이걸 왜 고민해. 조금 낮은데서 뛴다고 덜 무서운 거도 아닌데 당연히 높은데서 뛰어야지. 2만 원 아끼자고 하늘 위의 40초를 포기할 순 없다.

"사진 찍을래, 영상 찍을래? 둘 다? 아니면 전용 카메라맨을 고용할래?"

헬기를 타는 순간부터 하늘로 뛰어들어 낙하하는 모든 순간을 촬영해줄 카메라맨을 붙이겠냐는 거다. 아니, 이것도 뭘 고민합니까. 자본주의 사회에선 비싼 게 좋은 거라고요. 그리하여 15000피트 상공에서 뛰어내리는 데 60만 원가량의 비용을 지불

했다. 이 돈이면 떡볶이를 백 번도 더 사먹을 수 있는 건데…….
면책 동의서를 꼼꼼히 읽어보면 서명할 때 조금 주저하게 된다.
여기에 지금 사인하면 사고 나도 아무도 책임 안지는 거잖아.

심장 질환, 고혈압, 신경 장애가 있습니까?
(나도 몰랐던 질환이 혹시?)
…… 죽음을 초래하는 경우에도 업체를 상대로 법적 소송을
하지 않을 것이며 ……
(낙하산이 설마 안 펴지는 건 아니겠지?)

짝꿍은 고개를 절레절레 흔든다. 대체 이걸 왜 하는지 모르겠다
는 눈빛. 고민은 그래봐야 딱 3초다. 내가 곧 하늘을 날 거라고!
하네스를 착용하고 헬기에 오른다. 두근두근. 헬기가 멈추고 한
팀씩 낙하를 시작한다. 이제 내 차례. 예상은 했지만 너무 담담해
서 스스로에게 민망한 마음이었다고 할까. 한발 한발 앞으로 나
아가 함께 뛰는 빅토르의 구령과 함께 원, 투, 쓰리, 고! 꺄악-
얼굴 살이 와다다다다 떨리는 느낌. 15000피트 상공에서 2분가
량을 맨몸으로 떨어지는 중이다.

"미정, 카메라 보고 알로하 샤카 포즈! 팔을 펼쳐!"

저기요, 빅토르. 제가 카메라는 귀신같이 찾아내는 직업병이 있
거든요. 이미 아까부터 브이하고 알로하하고 미소 짓고 다 했다

고요.

세상이 몽땅 내 밑에 있다. 초록은 산이고 파랑은 바다, 그게 전부. 조금 더 내려가자 지붕이 보이고 건물이 보이고 도로가 보인다. 더 밑으로 내려가자 점점이 깨알 같이 움직이는 자동차가 보인다. 사람은 보이지도 않네. 이렇게 작고 하잘 것 없는 존재였어, 우리가. 그런 주제에 산도 망치고 바다도 망친다. 초록을 없애 저보다 조금 더 큰 집을 짓고 아스팔트를 깐다. 참 작고 나쁜 존재들이야.

낙하산이 '팡'하고 펼쳐지고 나를 찍어주던 카메라맨 아저씨가 먼저 휙 내려간다. 빅토르와 나는 '오늘 날씨가 좋다', '하와이는 언제 온 거니', '케이팝 나도 좋아해', '넌 겁이 없는 편인 것 같다', '오빠 머쉬쒜요 베리굿' 따위의 대화를 나누며 찬찬히 지상으로 내려왔다. 먼저 내려간 카메라맨이 기다렸다는 듯이 착지순간까지 담아주는 걸 보고 '아, 역시 비싼 게 좋은 거야' 생각했다.

"헤이, 미정, 기분이 어때?"
"워더풀 어메이징 어썸 판타스틱!!"

내가 아는 멋진 형용사를 갖다 붙이며 샤카샤카.
비상한다는 것, 하늘을 난다는 관용적 표현은 괜히 있는 게 아니었다. 세상을 굽어보는 일, 그건 정말 황홀한 기분. 날아오르고 싶다.

절벽 위의
하룻밤,
론다

스페인 | 론다

해가 꼴딱 넘어가고도 하늘은 몇 번 색을 바꾸었다. 태양이 사라지자 한기가 느껴진다. 허기도 찾아온다. 뭐라도 먹으려면 이제 그만 나가봐야겠다.

절벽 위에 펼쳐지는 하얀 집들과 협곡을 사이에 두고 구시가지와 신시가지 사이를 연결하는 아찔한 높이의 누에보 다리가 어쩌면 론다의 전부. 40년에 걸쳐 완성됐지만 다리 기둥에 자신의 이름을 새기려다 절벽 아래로 건축가가 추락사했다는 슬픈 사연과 헤밍웨이가 사랑했던 도시라는 사실이 론다의 환상적 서사에 힘을 싣는지도 모르겠다.

론다에 머물며 『누구를 위하여 종은 울리나』를 집필했다는 헤밍웨이. 네 번의 결혼과 엽총 자살. 간결한 문장을 선호하는 그가 복잡 미묘하고 순탄치 않은 삶을 살아왔다는 것이 늘 의문이었는데, 론다에 오면 이해가 된다. 그는 문자 그대로 '벼랑 끝에 서 있는' 파라도르에 머물며 매일 같이 수백 미터 아래 협곡과 괴달레빈 강을 굽어보며 전쟁과 죽음을 생각했던 사람이다. 한없이 아래로 아래로. 다리에서 협곡 아래로 던져져 처형당했던 포로들을 상상하며 아래로 아래로. 보는 것만으로도 오금이 저릴 정도로 아찔한데 죽음과 소멸에 대한 사유로 잠식되어 있었을 터이니, 그의 삶이란 참 녹록치 않았겠다.

하지만 내게 론다는 헤밍웨이보다는 릴케. 독일의 시인 마리아 릴케는 론다를 산책한 후 로댕에게 편지를 썼다.

거대한 절벽이 등에 작은 마을을 지고 있고, 태양의 뜨거운 열기에 마을은 더 하얘진다네.

그리고 이곳이 바로 그의 꿈의 도시, 하늘 정원이라고 했다.
릴케는 내려다보지 않았다. 들여다보았다. 주변을, 내 앞에 놓인 것을, 위를, 사람을, 옆을 촘촘히 살폈다. 그리고 그 감회를 삼키지 않고 로댕과 나누었다.
누군가에게는 절벽과 추락과 죽음, 누군가에게는 꿈과 마을과 열정. 나는 그래서 헤밍웨이보다 릴케를 사랑한다.

누에보 다리 바로 옆 절벽 위 돈미구엘 호텔에 묵으며 나는 릴케와 헤밍웨이를 생각했다. 처연하고 아름답다. 낮에는 올리브나무가 심어진 산책로를 걸었고, 좁은 길을 따라 양쪽으로 늘어선 흰 벽의 건물들이 태양빛에 어떻게 명도를 바꾸는지 보았다. 투우나 전투와는 거리가 먼 듯한 사람들과 와인잔을 기울였고, 아찔한 협곡아래서도 저만치 빛나는 괴달레빈 강의 윤슬에 감동했다.
누구든, 그 자체로서 온전한 섬은 아니다. 종은 그대를 위해 울린다. 론다의 밤은 춥고, 혼자는 외롭다.

Mexico Guanajuato

컬러풀시티
과나후아토

| 멕시코 | 과나후아토

이른 오전, 후아레스 극장 앞 테라스가 있는 카페 한켠에 자리를 잡는다. 이름 모를 큰 나무가 그늘을 만들고 있다. 주인 없는 개라 하기에는 풍채가 너무 좋은 게 아닌가 싶은 녀석들이 네댓 마리 주변을 맴돈다. 그늘 여기저기를 옮겨 다니며 잠을 청했다가, 몸을 긁다가, 어슬렁어슬렁. 이 마을의 진짜 주인은 너희들이로구나.

넉살 좋게 내 옆으로도 자리를 잡아보는 개중 한 녀석. 언제 봤다고 벌러덩 눕는 건데?

과나후아토에 온 지 고작 이틀 차. 신출내기를 반겨주는 개님들의 넉살에 피식 웃음이 난다.

조용하다.

너

나

바람

햇살

축제가 끝난 아침의 공기.

옥수수를 굽는 사람들과

간밤의 데킬라를 잊기 위해 카페인을 찾는 부지런한 여행자들.

조용하다.

어젯밤 이곳이 그토록 소란스러웠다는 게 믿기지 않을 만큼.

피리 부는 사나이마냥 마리아치를 따라 골목을 돌며 노래를 부르고 박수를 치던 사람들.

아직 주무시나요? 저 먼저 오늘 하루 시작해보렵니다.

자세한번 고쳐 잡지 않고 쌔근거리며 주무시던 터줏대감 녀석이 벌떡 일어나 내 곁을 떠난다.

뒷목이 뜨겁다. 아 그늘이 벌써 저만치 옆으로 갔구나.

시간이 이만큼이나 흘렀구나.

여기는 형형색색 컬러풀시티 과나후아토.

저 작은 골목 어디에서건 미구엘과 헥터가 기타를 치며 '리멤버미~'를 부르며 튀어나올 것만 같은 사랑스러운 곳.

알록달록 소란스러운 이 도시의 아침은 자유로운 개들과 부지런을 떠는 여행자들로부터 시작된다.

이것이
인도네시아 스타일
화보 찍기

아무것도 하지 않고 비워내고자 우붓을 찾았건만 이토록 즐길 것이 많은 발리에서 아무것도 하지 않기란 참으로 어려운 일이다. 오전에는 요가, 카페투어, 트레킹, 발리스윙……, 해야 할 리스트를 세워놓고 미션 수행하듯 하나씩 해치우고 있노라면, 내게 여행이란 별 수 없이 이런 건가 싶어서 피식 웃음이 난다. 주어진 얼마간의 시간동안 이곳에서 누릴 수 있는 걸 최대치로 뽑아내야 '아, 이번 여행 알차군!' 하게 되는 K여행자의 숙명인걸까.

비움과 무위(無爲)의 여행 따위란 애초에 내게 불가능한 것이었다면, 이왕 이렇게 된 거 뭔가 더 특별한 것을 찾아보자는 생각에까지 이르게 된 날이었다. 'Bali', 'Ubud' 'Traditional', 'Photo'와 같은 키워드로 구글링을 하다가 내 눈에 들어온 사진 한 장에 유레카를 외쳤다. 발리 전통의상을 입고 수줍게 미소 짓고 있는 한 서양인 커플의 스튜디오 사진이었다. 화려한 머리장식, 오색찬란한 비단 소재의 의상, 짙고 극적인 메이크업, 사진작가의 지시 하에 취한 것이 분명한 포즈까지, 이보다 더 인도네시아스러울 수 없겠는걸!

홀린 듯 예약메일을 보내고 시간약속을 잡았다. 의상과 사진 콘셉트를 고르고 헤어와 메이크업을 받고 사진을 찍는 순서. 한국에서 혼자 온 여자 손님은 처음이라고 했다. 한국 아이돌 가수 얘기를 꺼내더니 코리안 뷰티, K메이크업이 전 세계 최고라며 한국인에게 메이크업 해주는 게 긴장된다는 립서비스도 빼놓지 않는다.

눈썹은 눈썹 산을 살려 새까맣게, 피부는 파우더를 아낌없이 치대 뽀송하게, 립스틱과 볼터치는 과감하게. 세상의 모든 컬러를 사용해 여기가 눈이다, 여기가 입술이다, 여기가 볼이다 주장하는 친절한 메이크업이로군. 완성에 가까워질수록 왠지 모르게 웃음이 나왔지만 이게 발리스타일이라면 기꺼이 따르리오.

△ ▲ △

SNS에 사진을 업로드 했더니 댓글이 너무 많이 달려서 당황. 한국보다 발리스타일이 더 잘 맞는 것 같은데 이걸 좋아해야해 말아야해. 어쨌거나 3만원의 완벽한 행복이로다. 제대로 발리 여행을 '인증'할만한 아이템으로 이보다 더한 것은 없을 느낌. 우 쥬 트라이?

Jeju Island

엄마의
제주도
한 달 살기

나보다 더 날 믿어주는 사람. 내 편. 나는 이 사람 없으면 어떻게 사나 문득문득 생각하면서도 대체로 살갑지 못하고 적당히 거리를 두거나 때로 퉁명스러웠다. 내가 이 사람으로부터 세상에 나와 존재하고 있으니, 당신은 내 평생의 은인일진데 어쩜 이다지도 다정하지 못했을까. 당신을 갉아 먹으며 자란 내게 당신은 자꾸만 더 내어줬다. 왜 몰랐을까. 당연하지 않은 걸 당연하게 여기며 바라기만 했던 배은망덕한 날들.

당신의 품을 떠나고 나서야 그려볼 수 있었다. 서른이 넘어서야 비로소 나 때문에 녹록치 않았을 당신의 삶을 상상해봤고, 사랑이란 말만으로는 도무지 설명할 수 없는 경이로운 희생에 목구멍이 간지럽고 눈물이 쏟아졌다.

　엄마, 제주도에 한 달 살기 하는 사람들 요새 되게 많더라.
　엄마는 어때?

대장암 3기, 전이, 수술, 항암 같은 무서운 단어들이 갑자기 선고처럼 내려와 두 가정을 폭풍처럼 휩쓸고 지나간 어느 날이었다. 머리카락도 체중도 예전의 그것과 비슷한 수준으로 회복되던 즈음, 오랜만에 당신과 함께 고구마를 구워먹으며 시시콜콜한 이야기를 나누다가 문득 꺼낸 말이었다.

　어이구, 너무 좋지 나는.

일말의 지체 없이 들려온 대답. 왜 몰랐을까. 당신 역시 자유롭게 어디든 홀로 여행하고 싶어 한다는 걸.
쇠뿔도 단김에 빼는 성향은 당신을 닮은 것이라, 그 길로 즉시 한 달 동안 머물 집과 발이 되어줄 차를 렌트하고 항공권을 예매했다. "엄마 정말 괜찮겠어? 무리하지 말고. 아빠도 같이 내려가는 건 어때? 나도 자주 놀러갈 거지만……." 도대체 얘가 무슨 얘기를 하는 거냐는 그 눈빛. "야, 나도 혼자 좀 있어보자. 거기까지 가서 굳이."

6월 초, 너무 덥지도 바람이 차갑지도 않은 눈부신 계절. 그녀의 집은 대정읍에 위치했다. 모슬포항보다는 훨씬 안쪽으로 들어와야 하는, 바다보다는 초록이 좋은 그녀를 위한 공간. 관광객의 발길이 뜸하고 고요하고 심심한 동네. 벌레와 꿉꿉함을 질색하는 당신을 위해 신축 타운하우스를 렌트했다. 근사한 바다 뷰도, 대궐 같은 널찍함도, 잡지에 나올 법한 멋진 인테리어도 없었지만 계약서에 사인을 하고 키를 넘겨받으며 환하게 웃던 당신의 얼굴을 잊을 수가 없다. 혼자 제주도에 한 달 있을 거라 생각하니 너무 설레서 잠도 안 온다는 엄마. 내가 혼자 여행하길 이다지도 좋아하는 것도 이 사람을 닮은 거였구나.

오늘은 보말 죽을 먹었어.

오늘은 곶자왈에 갔어.

오늘은 꽤 멀리까지 운전을 해서 동쪽 바다를 봤어.

오늘은 맛집이라고 검색해서 갔는데 별로더라.

어휴, 습하다 습해. 사는 건 육지가 최고야.

너무 걸었더니 발목이 아프다 얘.

오늘은 당근케이크를 먹어볼까해.

밥 뭐 차리나 걱정 안 해도 되는 게 세상 제일 좋아.

그래, 다음주에 너 신랑이랑 같이 한번 내려오든가.

우리는 매일 통화를 하거나 카톡을 나눴다. 엄마는 제주에서 매일매일 바빴다. 어디든 갔고 늘 걸었고 행복으로 하루를 꽉꽉 채우느라 아플 틈도, 심심할 틈도 없어 보였다. 아직 컨디션도 돌아오지 않았을 텐데 너무 무리한 제안을 한 건 아닐까 걱정했던 건 나의 오지랖.

한 달 살기가 3주차를 넘기고 끄트머리가 보일 때쯤 제주에 내려갔다. 우리는 우리가 일어나고 싶을 때 일어나 번잡스러운 요리 대신 과일과 요거트로 간단히 요기를 하고 화장품을 나눠 쓰고 가고 싶은 곳에 갔다. '네 아빠 사진을 예쁘게 안 찍어주잖니' 했던 당신을 위해 무릎을 낮추고 여기저기서 사진도 잔뜩 찍었다. 탄산온천에 가서 둥둥 떠가는 구름을 올려다보며 노천탕과 수영장, 사우나를 왔다 갔다 하다가 노곤해진 몸으로 아이스크림 하나를 입에 물고 대정읍에 돌아왔다.

마스크 팩을 붙이고 침대에 나란히 누워 드라마를 보며 남자배우 얘기를 했다가 '그래 너는 잘살고 있지', '아프지 않으면 그걸로 됐어', '불안해하지만 잘하고 있어', '나는 늘 네 걱정은 안했어', '우리 큰 공주가 최고야'로 끝나는 우리의 대화. 그래 항상 이런 식이었던 거다. 나는 당신으로부터 넘치는 사랑을 받았다. 당신의 제주 한 달 살이 마지막 날, 우리는 아날로그 사진관에 가서 흑백 필름사진을 찍어 나눠가졌다.

엄마 나 너무 예쁘지, 엄마 닮아서.

나는 사실 이 사람이 세상에서 제일 편해서, 이 사람은 뭘 해도 내 편이라는 걸 알아서, 여전히 가끔 못됐다. 나와 꼭 닮은 이 사람이 나와 행복했으면 좋겠어서, 당신과의 여행을 계획해본다. 지금 이 순간도 보고 싶다, 희섭 씨. 그래서 우리 다음엔 어딜 갈까? 희섭 씨 혼자라도 좋고.

부에노스아이레스,
좋은 공기

까맣게 그을린 왼쪽 뺨 위로 속눈썹이 한 가닥 붙어있다. 떼어주지 말아야지. '응? 왜 웃어?'라고 묻는 너에게 '그냥, 좋아서'라고 답을 했다. 별것도 아닌 일에 끅끅 웃음을 참게 되는 별스러운 날들. 나는 언제부터 이렇게 웃음이 헤픈 사람이었을까.

느끼한 윙크를 양껏 날려주시는 엠빠나다 가게 아저씨.
말없이 오렌지주스를 짜주는 아가씨.
비눗방울을 쫓아 달리는 아이.

부에노스아이레스는 '좋은 공기'란 뜻이란다. 이 공기엔 미량의 아산화질소라도 들어있는 게 아닐까. 웃음 가스를 들이마시면 기분이 좋아진다던데. 나는 부에노스아이레스에서 내내 너그럽고 단순하다.

머리를 잘라야겠어.

며칠 전부터 숙소 근처 바버 숍 앞을 서성이던 그가 드디어 결심
이 섰나보다. 여행이 두 달을 넘기면서 구레나룻이며 뒷머리며
덥수룩해져 처치곤란인 머리를 잘도 버텼다 싶다. 십년 넘게 꼭
한 달에 한 번, 같은 미용실, 같은 디자이너에게 같은 스타일로
머리를 잘라 온 그에게는 낯선 도시에서 낯선 사람에게 머리를
맡긴다는 자체가 엄청난 모험이다.

그는 무언가가 본인에게 맞는다 싶으면 그대로 정착해 다른 건
일절 시도하거나 변화를 주지 않는 그런 유형의 사람이다. 적어
도 사흘을 그 바버 숍을 연구하듯 관찰했다. 손님은 많은지, 어떤
연령대의 사람들이 주로 찾는지, 나오는 사람들의 표정은 만족
스러운지. 괜히 망쳐 버리는 건 아닌지 갈팡질팡하는 그에게 '그
래봤자 어차피 자랄 머리카락'이라고 부추긴 건 언제나 그랬듯
나였다.

서울에서 온 예민하고 대범치 못한 이 고객은 다행히도 부에노
스아이레스 스타일에 만족해했다. 부에노스아이레스 공기엔 뭐
가 들어있는 게 분명하다니까. 이 까탈스런 남자가 쿨하게 대번
에 만족의 미소를 지어보일수가 없는데 말이다. 큭큭.

'응? 왜 웃어?'라고 묻는 너에게 '그냥, 좋아서'라고 답을 했다.

Bueno! Buenos Aires!

춤으로
하겠습니다

| 아르헨티나 | 부에노스아이레스 |

혹시 그런 게 있으신가요.

누구 앞에 내보인다고 생각하면 금방 무서워지지만 취미로 꽤 오래한, 제도권 교육으로 배우진 않았어도 내 방식대로 쌓아온 활동이나 지식들. 아주 잘하냐 하면 꼭 그렇지도 않지만 누가 시킨 것도 아닌데 돈이든 시간이든 노력이든 꽤 진심으로 공들여서 하는 일들. 가벼운 흥미나 충동으로 시작했다가 의외의 소질에 우쭐해지기도, 또 그 이상의 발전 없음에 자괴감을 느끼기도 하는 그런 것.

나의 경우는 '춤'이 그렇다. 가요톱10이나 생방송인기가요를 보며 가수 언니오빠들을 따라 추는 걸로 시작된 춤에 대한 애정은 성인이 된 이후 내 돈으로 내 취미에 돈을 쓸 수 있게 되면서부터 본격적으로 '배움'의 단계로 접어들었는데, 현대무용은 어느덧 8년차, 살사동호회 1년, 재즈댄스 1년, 벨리댄스 6개월이라는 이

력이 붙고야 만 것이다. 춤이란 인간이 할 수 있는 모든 행위 가운데 가장 경이롭고 아름다운 것. 이번 생은 틀렸으니 혹시나 다음 생이란 게 있다면 타고난 천재형의 무용수로 태어나고 싶다고 늘 생각하곤 했다.

제법 괜찮은 인생이었다고 자평하며 많이 아쉽지 않게 눈 감을 수 있는 기준이란 게 있다면, 부에노스아이레스에서 탱고를, 리우데자네이루에서 삼바를, 안달루시아에서 플라멩코를, 하와이에서 훌라를, 쿠바에서 룸바와 차차차를, 도미니카공화국에서 메렝게를, 보헤미아에서 폴카를 춰봤다면 아름다운 삶이었노라고 할 수 있을 것 같다. 나에게는 그렇다. 더 많은 춤을 더 많은 곳에서 출 수 있는 것.

그리하여 아르헨티나에서 1순위로 해야 할 일이 '땅고'(탱고) 레슨이었단 건 내겐 너무 자명한 일이었다. 부에노스아이레스에 도착하자마자 Complejo Tango(꼼쁠레오 땅고) 프로그램을 예약해뒀다. 밟을 때마다 삐긱 소리가 나는 나무 바닥과 벽에 걸린 땅고 사진, 그리고 땅고를 배우기 위해 이곳까지 온 다양한 나라의 사람들. 스페인어와 영어를 번갈아 써가면서 열심히 땅고를 가르쳐 주시던 선생님의 길고 곧은 목이 아직도 기억에 선명하다. 선생님의 리드 하에 스텝을 밟던 그 꿈같았던 순간이 어쩜 이리도 잊히지 않을까.

멋지게 차려 입고 온 수강생도, 나처럼 운동화에 청바지 차림인 수강생도 어색함은 잠깐이다. 진지하게 배우고 과감하게 움직인다. 기어이 스텝을 돌다가 옆에 선 커플을 툭 치기까지. "어머나,

암쏘쏘리! 로씨엔또!" 한국어 영어 스페인어가 한 번에 튀어나와
도 좋은, 땅고의 마법이다. 모두가 같은 걸 같은 마음으로 함께한
다는 건 이렇게 재밌는 일이다.

고작 한 시간 배웠을 뿐인데 레슨이 끝나고 나면 수료증을 준다.
별거 아닌 듯해도 받고 나니 더 없이 뿌듯해지는 기분.

부에노스아이레스에 어둠이 깔리면 거리 곳곳에서 반도네온 소
리가 들려온다. 이끌리듯 그곳으로 가면 어김없이 탱고 거리공
연이 한창이다. 머리가 희끗희끗한 할아버지가 즉석에서 합류하
고 지나는 사람들의 입가엔 미소가 지어진다. 저렇게 자신 있게
출 수 있는 춤이 있다니, 너무 멋지다. 피아 졸라 땅고 쇼를 보러
가는 길은 거리부터 예술이구나.

공연을 보고 나오니 꽤 늦은 시간이었지만 부에노스아이레스 땅
고의 밤은 이제부터가 시작이다. 밀롱가(땅고클럽)는 땅고의 열
정으로 무르익고, 동틀 때까지 그들의 춤은 계속된다.

보르헤스가 사랑한 부에노스아이레스의 골목길은 이런 모습, 이
런 공기였겠지. 이 도시에 있다는 사실만으로도 내가 꽤 근사한
사람처럼 느껴진다.

땅고, 반도네온, 피아 졸라, 밀롱가의 밤. 낭만을 수치화할 수 있
다면 여긴 치사량을 넘은 위험한 도시야.

버킷리스트였던 부에노스아이레스에서 탱고를, 리우데자네이루
에서 삼바를, 안달루시아에서 플라멩코를, 하와이에서 훌라를 췄
으니 이제 쿠바를 가야겠구나.

나의 탱고에게

너를 처음 만난 날을 기억해. 날카롭고 차가운 바람이 자꾸만 양볼을 스쳤고 모든 게 다 바스라질것만 같은 건조한 공기가 너무나 얄미웠어. 사나흘 전 내렸던 눈이 녹았다가 얼었다가를 반복해서 골목 곳곳에 흔적을 남기고 있었고, 버스정류장 옆 호떡트럭을 보고서야 오늘이 일요일임을 알았던 날이었지.

지갑을 뒤져 쓸데없는 적립카드들 틈에 꼬깃꼬깃 접힌 천 원짜리 한 장을 찾아냈는데, 그게 그날 느낀 첫 행복이었던 것 같아. 찹쌀꿀호떡 하나를 베어 물다가 육성으로 '앗, 뜨거!'를 외쳤는데 그 순간 꿀물(사실은 흑설탕이겠지)을 후드득 흘렸지 뭐야. 있는 힘껏 혀를 내밀어 입가에 묻은 흔적을 없애고 점퍼 위 가슴께로 떨어진 녀석은 대충 손으로 쓰윽 문질러봤는데 끈적이는 자국은 사라지지 않더라. 천 원의 행복은 고작 5분짜리였지. 그러니까 그날은 겨울의 한가운데였어.

눌어붙은 설탕국물조차 시렸던 그날. 코끝이 빨개져서 집으로 들어와선 일요일이니까 게으름을 한껏 누렸지. 핸드폰을 들고 영양가 없는 기사들을 훑어보다가 그 기사를 본 거야. '서울시 강동구, 유기동물 입양카페 오픈'

딱히 반려동물을 키워야겠다는 생각을 진지하게 해본 적 없기에, 내가 입양자가 될 거라는 생각은 단 한 번도 해보지 않던 때였어. 게다가 강동구라니, 용산구민이 가기엔 다소 노력과 시간이 필요한 곳이잖아.

나는 겨울을 싫어하지만 호떡을 좋아해. 그러니까 내 말은, 나도 잘 모르겠지만 홀린 듯이 내가 그 기사 속의 유기동물 입양카페에 갔다는 거야. 논리적 개연성이라고는 1도 없이.

센터를 쭉 둘러보다가 너를 봤어. 꼬질꼬질하기가 이를 데 없고 정신 산만하게 총총총 한순간도 가만히 있지 못하는 아이더라고. 사람 손만 봐도 뒷걸음질 치며 흠칫 놀라는 게 혹시 학대를 당한 건 아닐까 싶다고 했어. 사회성이 부족해서 다른 개들과 어울리지 못하고 센터에 적응을 못한다고. 쫄보네, 쫄보.

조심스레 안아봤는데 눈 한 번을 안 봐주더라고. 점퍼에 묻은 설탕 국물의 끈적끈적한 흔적에만 연신 코를 박을 뿐. 너는 나를 뭐라고 생각했을까? 용산구에서 온 꿀호떡 누나가 너의 남은 평생을 함께할 가족이 될 거라고 직감했을까.

그 후로 나는 일주일에 네댓 번을 너를 만나러 강동구로 향했어. 일요일마다 오는 호떡 아저씨를 서너 번쯤 더 맞이했을 즈음 결심했던 것 같아. 우리 집으로 가자, 탱고야.

두부, 면봉이, 구름이……. 하얀 강아지들이 가져볼 법한 이름들 사이에서 고민하다가 지금은 쫄보지만 흥 넘치게 살자고 탱고라는 이름을 붙여줬지. 뭐, 그냥 내가 남미음악과 춤에 빠져있기도 했고.

놀라워. 너무나 이기적인 내가 어떻게 이렇게 너를 사랑할 수 있는지 생각하면 말이야.

반려동물과
여행하기

대한민국 | 강릉

새벽녘, 내 품에 비집고 들어와 자리 잡는 너를 느끼면서 잠에서 깼다. 사방은 아직 어둡고 세차게 퍼붓는 비와 바람소리에 심상찮은 하루가 될 것임을 직감했다. 어깨와 목 언저리가 며칠째 돌덩이를 얹은 것 마냥 무겁다. 어차피 다시 잠에 들긴 틀렸다 싶어 뻑뻑한 눈을 억지로 부릅떠 커피를 내리고 하루를 시작한다.

지인의 부친 소식을 접하곤 서둘러 집을 나서는데 운전대를 잡는 순간 마음 한켠이 아릿하다. 먹먹한 하늘과 침묵한 도로 위로 빗방울이 후두둑. 와이퍼가 규칙적으로 움직일 때마다 씻겨 나가는 빗물도 서럽다. 사는 게 참 별거네.

별 일 없다, 별 거 없다, 툭툭 손을 털다가도 이내 별스러운 일들로 채워지는 하루하루. 그해 여름은 유난히도 비가 많이 와서 수건과 셔츠에선 늘 꿉꿉한 냄새가 났다. 오늘도 제대로 산책하기는 글렀어, 탱고야.

내가 비를 뿌린 것도 아닌데 왜 미안한 걸까. 기우제 말고 기청

제라는 것도 있었다던데. 그거라도 해야할까봐. 그냥 이 아이에게는 모든 게 미안하다. 이 작은 생명체가 내 무릎 위에서 심장을 열심히 움직이며 따스한 온기를 뱉는 게 너무 벅차고 감동스러워 눈물이 날 것 같다. '잘'해주고 싶어. 어쩌다 내게 온 너에게. 참 별일이다. 오늘은 좀 이상한 하루인 게 분명하다. 불현듯 날씨 앱을 켜고 주간 일기예보를 확인해보았다. '이번 주말부터 갬, 해, 맑음, 미세먼지 좋음'.

너랑 둘이 강원도다!

너와 함께 하는 두 번째 여행은 그렇게 시작되었다. 우리의 첫 여행은 제주였는데, 추가금액을 내고 비행기를 탔고, 차를 렌트했고, 반려견 동반 가능 숙소에 머물며 2박 3일을 보내다 왔다. '강아지가 있는데 식사 가능할까요', '이동가방 안에서 얌전히 있을 거예요'
거절해도 이해할 수 있다. 나도 너를 만나기 전에는 네 발 달린 생명체에는 알 수 없는 거부감이 있었거든. 생전 처음 맡아보는 짭쪼름한 바다냄새가 신기한지 협재에서 온종일 뛰어놀고서도 현무암 구멍 틈에 코를 박고 탐지견 마냥 킁킁대던 너를 잊을 수가 없다.
반려동물 인구가 1500만을 넘어섰다는 기사를 본 적이 있는데 그래서일까. 제주도도 강릉도 반려견과 함께할 수 있는 곳들이 쉬이 눈에 띈다. 예약한 호텔은 반려견 패키지를 내세워 펫룸에

개모차, 강아지용 히노끼탕 대여에 반려견 간식 서비스, 어메니티가 포함돼 있어 그야말로 사람 반 강아지 반.

이게 너를 위한 여행이냐 묻는다면 글쎄 잘 모르겠다. 내가 너와의 추억을 하나라도 더 만들고 싶어서 굳이 여기까지 온 거지 뭐. 세상은 이렇게 넓은데 너의 우주는 그냥 나일 테지. 그 우주에 항상 평화와 사랑이 깃들기를. 내가 조금이라도 따뜻한 존재가 되고 싶은 건 이 때문이야.

강릉의 바다에서 너의 우주는 사랑을 소원했어, 탱고야.

생각보다
먼

사물이 보이는 것보다 가까이 있습니다.

백미러 안에 담긴 손바닥만 한 세상은 내가 믿는 것보다 훨씬 가까이에. 하지만 현실은 어디 그러한가. 보인다고 잡히지 아니하고, 이쯤하면 됐다 싶어도 한참, 아직도 한 – 참이다.

먼저 목적지를 찍고 내려오는 사람들은 헉헉거리는 내게 '거의 다 왔어. 조금만 더 가면 정상이야. 이제 힘든 건 끝났어. 힘내'라는 응원의 말을 건넨다. 하지만 하이파이브를 쳐주며 에너지를 나눠주는 사람에게도 미소 한번 지어보이기 힘들다. 이제 이런 말들도 믿지 않기로 한다. 아까도, 그 전의 아까도, 그 아까 아까도 들었던 얘기라고. 허나 누구를 탓 하리오. 내가 내 의지로 고생하러 여기까지 온 것을.

목적지는 칠레 1000페소 지폐에 새겨진 그곳, 토레스델파이네 삼봉이다. 남아메리카 최남부 파타고니아 절경의 하이라이트

라는 말에 일말의 망설임도 없이 이곳으로 왔다. 내셔널 지오그
래픽이 선정한 죽기 전에 꼭 가봐야 할 곳이라나 뭐라나. 삼봉
이 있는 토레스델파이네 국립공원의 면적이 제주도 면적과 흡사
해 만만치 않은 여정이 될 것임을 보다 눈치껏 짐작했어야 했는
데……

이른 아침 산장에서 나와 걷고 또 걸었다. 우비를 입고 출발했지
만 이내 비가 그치고 강렬한 햇살이 정수리에 내리꽂는다. 살면서
경험한 적 없는 바람이 연신 얼굴을 때린다. 이대로 바람에 날아
가 버리는 게 아닐까 하는 공포감에 마음 놓고 콧물을 닦을 수도
없다. 이렇게 뜨거운데 이렇게 찬바람이 부는 게 말이 되는 거야?
서너 시간 정도 걸었을까. 드디어 삼봉이 눈앞에 보인다. 삼봉까
지 앞으로 45분 소요된다는 표지판을 보고 막판스퍼트라도 내고
싶지만, 남은 길은 바위산이다. 길도 제대로 나있지 않아 돌을 넘
고 길을 만들어가며 올라야만 하는 만만치 않은 여정이다. 사족
보행으로 한 걸음 한걸음. 종아리가 터질 것 같고 모래바람에 눈
을 뜨기도 어렵다.

45분이 이렇게 긴가? 아까부터 삼봉이 눈앞에 보였는데 왜 도무
지 가까워지지 않는 거야? 나는 이렇게 힘겹게 나아가는데 이미
목적지를 찍고 돌아오는 사람들의 발걸음은 너무나 가볍다. '힘
내'라는 말은 언제 들어도 힘이 나지 않는다. 콧물을 훌쩍이며 함
께 들이마신 모래바람에 코도 목도 서걱거린다.

"어? 여우다!!" 이게 또 무슨 말이야. 일행의 목소리가 들려온 곳

을 향해 고개를 돌렸더니 진짜다. 여우는 몸이 가볍다. 갑자기 나타난 여우의 존재보다, 이토록 가볍게 폴짝이며 돌산을 누비는 게 더 놀랍고 부럽다.

그리고 드디어 삼봉. 파타고니아 날씨는 시시각각 변하고 예측하기도 어려워서 삼봉을 또렷하게 볼 수 있는 날이 그리 많지 않다고 하던데, 너무도 선명하게 존재를 드러내고 있다. 하늘을 찌를 듯한 삼봉 사이로 빙하가 녹아 호수를 이룬다. 누군가 만약 에메랄드가 무슨 색이냐고 물으면 여길 가리키면 될 것 같다. 사진이 채 담지 못하는 비경 넘버원을 꼽으라면 단연코 여기. 여우가 아니라 해태나 용이 나타난대도 이상하지 않을 것 같다.

살면서 맞을 바람 여기서 다 맞고, 살면서 흘릴 콧물 여기서 다 흘렸지만, 살면서 키운 체력 여기서 다 써 먹는다 싶어 뿌듯해지는 순간. 산장까지 돌아가는 길도 결코 만만하진 않겠지만 그래도 손뼉을 보이며 얘기할 수 있을 것 같다. 다 왔어요, 이제. 조금만 더 힘내세요!

백미러 없이 본 산봉우리는 보기보다 하얀-참 멀리 있다. 목적지는 있지만 가늠되지 않는 여정엔 때로 희망고문이 필요하다. 지금 포기하면 안 돼, 진짜 다 왔어.

나는 늘 궁금하다. 나는 어딜 향해 가고 있는 걸까. 트레드밀 위를 달리는 것처럼, 매번 숨 가쁜데 목적지가 없는 사람. 차라리 트레킹이 낫다. 바위산을 오르면 그 끝엔 여지없이 삼봉. 파타고니아보다 복잡하고 어려운건 그냥 나로구나.

세상의
끝
밟아보기

아르헨티나 | 우수아이아

세상의 끝에 슬픔을 버리고 올 수 있다면.

'세상의 끝'이라는 수식어는 꽤 문학적이다. 지구의 끝이라고 명
명할 수도 있었을 텐데 세상의 끝이라니. 모든 게 소멸해버릴 듯
한 기분. 세상의 시작이라 불리는 곳은 없는데 끝은 존재한다는
것도 아이러니지만, 뭐랄까 그곳에 가면 뭐라도 이해받을 수 있
지 않을까 하는 마음. 끝을 보면 뭐든 다시 시작할 수 있을 것만
같아서 그곳에 가보기로 한다. 아니, 어쩌면 그냥 나는 '세상의
끝을 보았어'라고 말하고 싶었는지도 모르겠다. 세상의 끝이라
불리는 곳, 아르헨티나 티에라델푸에고의 주도 우수아이아.
부에노스아이레스 공항에서 국내선을 타고 3시간 30분을 날아
왔다. BIENVENIDOS A USHUAIA! (우수아이아에 온 걸 환영
합니다!) 세계의 끝을 찾아 기어이 여기까지 날아온 사람들을 향
한 인사치고는 지극히 평범하다. 작은 공항에서 나오자마자 나

를 반기는 설산. 아, 여기가 세상의 끝 우수아이아로구나.

이 작은 마을에선 어딜 둘러봐도 낮게 깔린 구름아래 만년설산이 지붕처럼 펼쳐져 있다. 1년 중 가장 따뜻하다는 1월인데도 최고 기온이 10도를 넘기지 못한다. 분명 어제 부에노스아이레스에서는 정수리가 타들어갈 듯 뜨거웠는데⋯⋯.

반바지 차림으로 오들오들 떨며 겨우 숙소에 들어와 가장 먼저 한 일은 캐리어를 뒤져 입을 수 있는 옷들을 최대한 겹쳐 입는 것. 남극과 가장 가까운 도시란 걸 알면서도 나는 왜 이렇게 대책 없이 온 걸까. 내일은 칼바람을 뚫고 펭귄과 세상의 끝 빨간 등대를 보러 비글해협투어에 갈 예정이고, 모레는 티에라델푸에고 국립공원 트레킹을 할 생각인데 이런 차림이어서야 원.

날은 우중충하고 몸은 으슬으슬 떨린다. 경량 패딩과 두툼한 스웨터를 사고, 백년이 넘었다는 카페에서 마테차를 마시며 보영과 아휘, 그리고 장을 떠올린다. 사랑과 실연의 시옷도 몰랐으면서, 그 시절의 나는 〈해피투게더〉를 보며 왜 그리 먹먹했던 걸까. 아휘의 슬픔을 놓아주던 바로 그 등대를 보러갈 생각에 벌써부터 가슴이 저릿하다.

다음 날, 설산 위로 어마어마한 크기의 무지개가 떴다. 항구에서 보트를 타고 비글해협을 가로질러 작은 바위섬 위의 바다사자, 가마우지, 그리고 빨간 등대를 본다. 세상의 끝 등대, 장이 녹음기를 틀었던 등대, 아휘의 눈물이 세상 끝에 버려졌던 바로 그 등대다. '너무 작은데?', '그냥 평범한 등대잖아', '이거 내 윈도우 바탕화면이야', '저거 보러 여기 온 거야?' 같은 말들이 여기저기서 들려오지만 내 감정을 와장창 깨뜨리기엔 역부족이다. 나도 여기에 모든 슬픔을 다 버리고 갈 수 있었으면 좋겠다. 고독해도 좋으니 이유 없이 무력하진 않았으면 좋겠어.

돌아오는 길에 만난 펭귄 무리는 더할 나위 없이 사랑스러웠고 녀석들의 공간과 삶을 해하지 않기 위해 면발치에서 지켜봐주고 돌아오는 사람들도 예뻐 보였다.

그래서 아휘가 온전히 행복해졌는지는 확인할 길이 없다. 세상의 끝에 슬픔을 버렸다 하여 앞으로의 모든 날들이 기쁨으로 충만할 리 만무하다. 지구는 둥근데 끝이 어디 있을까. 다만 나는 이곳에서 나의 가장 *끄트머리*, 위태롭게 매달려 버리고만 싶었던 그런 것들을 버리고 왔다.

Fin Del Mundo 세상의 끝,
우수아이아에 석양이 내렸다.

△▲△

사실 경도 위도를 따져보자면 우수아이아보다 더 아래에 있는 땅끝 마을이 있다. 티에라델푸에고 섬에서 바다를 한 번 건너면 나오는 나바리노 섬, 칠레의 푸에르토 윌리엄스다. 푸에르토 윌리엄스는 그저 '세계 최남단 도시'로 불리는데, 이보다 북쪽에 있으면서도 '세상의 끝'이란 수식어를 우수아이아가 가지게 된 사연은 뭘까.

Bolivia, La Paz

아파도
아파하질
못하고

열이 도무지 내리질 않는다. 한국에서 챙겨온 상비약이 바닥났다. 목이 칼칼하고 몸에 힘이 들어가지 않는다. 정신이 몽롱하다. 오늘도 여지없이 작열하는 태양은 정수리를 태워버릴 듯한데, 뭐라도 먹으려면 이 잔인하고 뜨거운 세계로 발을 내딛어야 한다. 자외선 차단제를 챙겨 바르는 것조차 버겁다. 챙이 큰 모자를 머리에 눌러쓰고 터덜터덜 나가본다. 약국을 뭐라고 하지? 열이 난다고 말하면 되려나? 괜스레 이마를 짚어보는 액션을 연습해본다.

구글맵이 알려주는 곳을 향해 십여 분. '헬로', '하우 아 유', '택시?', '웨어 아 유 프롬?' 따위의 말로 호객행위를 하는 사람들. 여느 때의 나였다면 듣는 둥 마는 둥하며 그저 내 갈 길을 갔겠지만 몸이 아프니 날이 섰다. 이런 게 전부 다 인종차별이고 캣콜링이라며 멱살을 잡고 싶은 심정. 하지만 대응할 에너지도 없다. 미간에 인상을 구기며 그저 전진할 수밖에.

오이 아쎄 깔로르. 땡고 쁘리오.

(오늘 날씨가 좋아. 그런데 나는 추워)

머리에 손을 얹고 절레절레 흔들다가 어깨를 들어올리며 바들바들 떠는 동작을 취해본다. 콜록콜록 기침하는 시늉도 두어 번. 누가 봐도 몸살을 설명하고 있지 않은가. 완벽한 바디랭귀지였다는 생각을 할 때쯤 카운터의 직원(인지 약사인지는 모르겠다)이 내게 무언가를 건넨다. 가타부타 설명은 없다. 심플하다. 해열제든 진통제든 감기약이든 상관없다. 뭐든 털어 넣으면 나을 것만 같은 기분.

해가 채 지기 전에 몸을 뉘이고 잠을 청했다. 개연성도 서사도 없는 요란한 꿈들 사이에서 용케 살아남은 아침. 무거운 몸을 일으켜 하루를 맞는다. 여전하네. 모르겠다, 어디가 아픈지. 어제보다 나아지긴 한 건지, 행여 먹어선 안 되는 약을 잘못 먹은 건 아닌지 불안감까지 추가. 벌써 나흘째다. 계획했던 일정은 하나도 소화하지 못했고, 라파즈에서 본 거라곤 숙소와 약국사이의 좁은 골목길과 유쾌하지 않은 거리의 사람들뿐이다.

오늘은 체크아웃을 하고 이동해야 하는 날. 아플 때 양껏 아픈 티를 내는 것이 아픈 사람이 해야 할 일. 나는 아픈 사람 아니고 여행잔데. 서럽고 화가 나서 목구멍에 뜨거운 것이 올라온다. 빈속에 약을 삼키고 짐을 꾸리는 오전 11시. 내게 라파즈는 케이블카도, 달의 계곡도 아닌, 그저 '아팠던 도시'다. 사진 한 장 남아있지 않은 도시. 이후로도 사흘 정도 더 해롱거렸다. 여전히 모르겠다.
대체 뭐였을까.

어차피 아파야하는 거라면 바쁘지 않을 때, 대충 지루한 일상을
살아내고 있을 때, 그럴 때 아팠으면 좋겠다는 바보 같은 생각.
젊고 건강할 때 여행 많이 하라는 엄마의 말은 이런 건가.

그러니까 내말은, 아프지 말자. 어디도 아프지 않았으면 좋겠어,
모두가.

별의
도시
히피들의
축제
샴발라

제주도 산방산을 닮은 도이 치앙다오가 우뚝. 아직 미처 지지 않은 해와 자그마한 손톱달이 어둠을 향해 가는 주황 하늘 안에 함께 있다. 새까만 밤하늘이 모든 걸 밀어내자 이루 헤아릴 수 없을 만큼 수많은 별들이 금세 머리위로 쏟아져 내릴 것만 같다.

이 도시의 이름은 치앙다오(Chiang Dao). '별의 도시'라는 이름은 괜히 붙은 게 아니로구나. 일초라도 더, 하나라도 더 저 별을 눈에 담고 싶다. 시선을 하늘에서 거두기가 어렵다.

치앙다오에서 2박 3일. 천장에 선풍기가 달린 덜컹거리는 버스를 타고 별 보는 일 말고는 할 것 없는 작은 마을로 향한다. 이맘때쯤 날씨가 별 구경하기에 더 없이 좋고, 꼭 한번 가보라는 치앙마이 요가 선생님의 말을 듣고 옷 한 벌과 세면도구 정도만 챙겨 즉흥적으로 떠나는 길이었다.

너도 샴발라 가니? 나도야. 우리 거기서 또 만나.

버스 옆자리에 앉아있던 소녀가 말한다. 샴발라? 내가 아는 그 샴발라? 때마침 1년에 한번 열리는 히피들의 축제 샴발라가 지금이란다. 2월 중순이라고만 알고 있었는데 지금이 샴발라라니! 늘 보헤미안 라이프를 꿈꾸지만 목구멍이 포도청이라 주류사회에서 발을 뺄 용기는 없는 내가, 관습이나 규범 따위를 벗어던질 수 있는 기회다. Shambala in your heart!

요가를 하는 사람들, 기타를 치고 노래를 부르는 사람들, 불을 피우고 이야기를 나누는 사람들……. 산중턱 캠프존. 샴발라라는 이름 아래 모인 전 세계 히피들이 별처럼 많다. 딸기밭에 쭈그리고 앉아 꼼지락대는 달팽이를 구경하다가 서늘한 밤공기가 제법 춥게 느껴지면 텐트에 들어가 잠시 몸을 녹인다. 이 밤이 끝날 때까지 음악은 쉬이 멈추지 않을 것이고 밤을 잊은 사람들의 몸짓은 점점 더 자유롭다. 대체 어떻게 알고 온 걸까, 어디서 온 걸까, 얼마나 머물다 가는 걸까. 하긴, 서울에서 온 나도 여기 있는데 뭐.

몸통만한 커다란 냄비에 야채수프를 끓여 한 컵씩 나눠 먹는다. 따뜻해.

오후 다섯 시, 샴발라에 있던 사람들이 삼삼오오 모여 신발을 벗어 던지고 아프리카댄스를 춘다. 젬베의 리듬이 빨라질수록 심장이 쿵쾅쿵쾅 요동치고 발놀림이 격해진다. 지금 이거, 믿을 수 있어? 내가 여기 있다는 게 너무 멋져!

다오 치앙다오에서 맨발로 뛰고 요가하고 노래하고 춤추고, 춤추고, 춤추고, 고개를 들어 별을 세다 잠든 하루. 내키는 대로 움직이면 그만인 곳, 그게 샴발라다. 레게음악에 봉산탈춤을 춰도, 갑자기 땅바닥을 데굴데굴 굴러도 좋다. 내가 하고 싶은 게 그거라면.

새소리와 풀벌레소리, 이름 모를 생명체들의 울음소리가 제법 조화롭게 어우러지고 별 아래 모두가 닮아있다. '웨얼 아 유 프롬', '왓츠 유어 네임' 없이도 모두가 하나 될 수 있는 묘한 곳에

서의 묘한 시간. 샴발라 축제의 치앙다오가 그리운 건 쏟아질 듯
한 별 때문일까, 그 자유로움에 속해있던 내가 그리워서일까.

La Vie de Bohème! (보헤미안의 삶을 위해!)

여행지에서
배달음식을
먹다가

치앙마이에 온 이후에 처음으로 날이 흐렸다. 어젯밤 테라스에
널어둔 티셔츠와 수건이 눅눅한 것을 보니 밤사이 비가 조금 온
것 같다. 오늘은 종일 일을 좀 해볼까. 일하기 좋은 날씨. 영상을
편집하고 글을 끼적인다. 바람에 짤랑거리는 풍경소리가 좋다.
배가 고프다. 벌써 시간이 이렇게 된 건가. 냉장고를 열어봐야 며
칠 전 사온 맥주 한 캔과 몇 개 안남은 망고스틴뿐이다. 한두 개
입에 넣으니 허기가 더 돈다. 오늘은 또 어딜 가서 뭘 먹나……
에잇, 배달시켜서 먹자.

모든 게 귀찮은 그런 날, 숙소 밖으로 한 발짝도 나서기 싫은 날,
배는 고픈데 또 어딜 가서 먹어야 하나 고민인 그런 날엔 배달앱
만큼 기특한 녀석이 없었다. 배달의 민족은 치앙마이에서도 별
수 없네. 자주 가던 식당에서 카오팟 무(돼지고기 볶음밥)와 꼬치
구이를 주문하고 맥주를 딴다. 편한 세상이다 정말.

코쿤카-

배달원의 얼굴도 보지 못했는데 두 블록 건너 식당의 음식이 20분 만에 왔다. 그리고 내가 먹은 이 한 끼에 플라스틱 용기가 5개나 왔다. 흐음.

솔직히 말하면 처음엔 별로 큰 관심이 없었다. 그런데 이게 자꾸 여기저기서 그럴듯한 목소리를 내고, 매체를 통해 플라스틱으로 인해 죽어가는 생명을 눈으로 확인하게 되니까 신경이 쓰이는 거다. 정말 코앞에 닥친 위기라는 걸 실감하면서부터 과도한 포장도, 남용되는 플라스틱도 보기가 불편해졌다. 일주일에 한 번씩 쓰레기를 비우고 분리수거를 할 때마다 놀란다. 나 진짜 민폐네. 뭐했다고 이 정도야? 이런 탄소배출덩어리 같으니! 맥주 캔을 신경질 적으로 밟아 구기며 식사를 마친다.

쓸데없는 메일도 지우고, 내일부터는 육식도 좀 줄이고, 요가스튜디오 사람들이랑 플로깅이라도 해야겠어. 비행기도 탄소배출 주범이라던데 여행도 좀 줄여야⋯⋯.

아, 그냥 내가 문제다 문제야.

일을 하다 볶음밥을 먹다 실존적 문제의식에 대한 고민으로 하루가 갔다. 인간은 정말이지 악의 축이로군.

할슈타트에서
태풍을
만나면

일 년 중에 비가 오는 날은 며칠쯤 될까.

한 달에 두어 번쯤이라고 하면 50일쯤 되려나?

종일 그치지 않고 추적추적 내리는 비. 향이 좋은 커피 한잔을 앞에 두고 내리는 비를 창 너머로 바라보며, 재즈든 클래식이든 가사 없는 선율에 눈을 스르르. 근사한 감상에 빠지기에 더할 나위 없이 좋은날일 테지. 하지만 현실이 어디 그런가 뭐.

머리는 대책 없이 곱실거리고 습해서 화장도 안 먹는데다 잠깐만 나갔다와도 눅눅하고 축축해지는 옷. 가뜩이나 자꾸만 가출하는 정신머리 탓에 이거저거 챙기고 점검해야 하는 것도 한둘이 아닌데 거기에 우산도 추가요. 물웅덩이를 몇 번이나 점프해가며 바짓단이 스멀스멀 젖는지 흙탕물이 튀는지도 모른 채 정신없이 달려 나가는 전쟁 같은 아침. 간신히 끼여 탄 버스 안, 옆에 선 아저씨는 꿉꿉한 냄새를 풍기며 당신의 접지 않은 우산으로부터 내 구두며 가방위로 빗방울이 뚝뚝 떨어지는 줄도 모른 채 몇 정거장을 함께하시겠지.

대체 비 내리는 날을 좋아한다는 사람은 얼마나 인내와 배려와 참을성이 대단한 걸까. 내게 비는 그저 거추장스러운 것. 어디든 안 나가고 가만히 실내에서 꼼짝 안하는 것이 비 오는 날 누릴 수 있는 최대의 우아함. 하물며 여행 중의 비라니, 가당치않다. 여행 중 만날 수 있는 최대의 재수 없음이다.

헌데, 여행이 길어지니 비가 내리는 날을 피할 수가 없다. 우비를 뒤집어쓴 날도, 대충 맞으며 다닌 날도, 우산을 나눠 쓴 날도, 안

나가고 버틴 날도 있다. 참을 인, 긍정의 힘과 같은, 전혀 나와 맞지 않는 단어들을 억지로 중얼거려본다.

그래. 나는 만원출근버스를 안타도 되는 여행자니까, 거추장스러움을 눈감아줄 수 있는 여행자니까, 이 정도 비 따위에는 무던한 그런 우아한 사람이 될 수 있지 뭐, 했는데…….

오 마이 갓, 이건 정말 아니잖아!

오늘 난 무슨 일이 있어도 오버트라운에 가야하고, 그러려면 기차도 타야하고 페리도 타야하고, 할슈타트 호수를 가야하고, 또 버스를 타야하고, 소금광산도 가야하고……. 어젯밤부터 심상치 않았던 먹구름을 보며 일기예보를 몇 번이나 확인해봤는지 모르겠다. 우리나라 기상청은 가끔 되게 안 맞던데 여기라고 별 수 있겠어. 내일 아침이면 거짓말처럼 화창해질 거라는 헛된 믿음은 보기 좋게 빗나갔고 아침부터 거센 비바람이 보통내기가 아니다. 그리하여 바람막이 하나 뒤집어쓰고 오버트라운으로 향하는 험난한 여정의 시작.

페리가 뜨긴 뜨는 걸까 발동동. 자꾸만 입 밖으로 삐져나오려는 욕지거리를 꾹꾹 눌러가며 할슈타트에 발을 딛는다. 분명 고어텍스라고 했는데 방수기능이 왜 이 모양인지 새삼 확인하게 만드는 거지같은 운동화. 세찬 비는 운동화를 뚫고 기어이 양말을 적시기 시작한다. 내가 사진으로 수없이 본 할슈타트는 동화 속 세계 그 자체였는데. 잔잔했던 호수는 비바람과 태풍으로 요동친다. 왜 사서 고생인거냐 나는. 여기 꼭 가야한다고 수일 전부터 노래를 불렀건만.

이상기후와 태풍으로 가게들은 문을 닫았다. 우산은 뒤집혀 사망했고, 우비는 있으나 마나다. 맛집, 예쁜 가게는 고사하고, 덜덜 떨리는 몸을 녹여줄 실내도 찾기 힘들다. 딱 한군데라도 좋으니 열려있는 가게를 찾아 삼만리. 오뉴월에 오스트리아 할슈타트에서 비와 태풍을 만날 확률은 얼마나 되는 거야 대체?

나빼고 세상 모든 여행자들의 여행기는 늘 우아하다. 빈틈없이 완벽하고 더할 나위 없이 운이 좋다. 그들은 매일매일 빛나는 날들 속에서 행복으로 충만하다. 하지만 나의 오스트리아는 빈틈없이 빼곡하게 불운했다. 축축하고 으슬으슬해. 와플도 맛이 없다. 오늘은 식당마저 실패다. 아 재수가 없다. 죽기 전에 오버트라운에 또 올 수 있을까? 하필 내 생에 단 한 번 뿐인 오버트라운이 이렇다니! 안 행복한 날입니다. 머리는 곱실거리고 입술은 새파랗고 냄새날까봐 신발도 못 벗겠고 할슈타트 호수는 눈에 들어오지 않는다.

이런 여행자도 있다.

플리마켓에서
득템하기

심플하게 살자고 외치는 시대다. 대세는 미니멀리즘이고 비움은 미덕이다. 예쁜 쓰레기를 사 모으는 걸로 위안을 얻는 몹쓸 습관은 오래도록 고쳐지지 않고, 이쯤 되니 그냥 맥시멀리즘이 내 취향이로구나 하기로 했다. 어딜 여행하든 그 도시의 플리마켓은 꼭 들러야지 아무렴.

일요일 아침의 이런 게으른 공기가 좋다. 숙소가 위치한 미테 지구에서 브런치를 먹으며 오늘 하루를 계획해본다. 하지만 벌써 1시가 넘었는걸. 서둘러 마우어 파크로 가자. 베를린 최대의 빈티지 마켓이 매주 일요일 마우어 파크에서 열린다.

과거 베를린 장벽의 경계선이었다는 마우어 파크는 주말의 활기로 가득하다. 마우어 파크를 즐기러 온 많은 사람들, 없는 거 빼고 다 있는 각종 빈티지 아이템, 냄새로 유혹하는 푸드 트럭, 단풍으로 물든 나무들과 아직 초록빛이 선명한 잔디, 버스킹 공연을 하는 사람, 유모차, 반려견……

제대로 꼼꼼히 둘러보려면 한두 시간으로는 어림도 없을 것 같다. 빈티지 촛대, 그릇, 찻잔, 필름카메라, 아이들 장난감, 빈티지 의류, 신발, LP, 카세트테이프, 틴 케이스, 거울, 안경……. 이쯤 되면 없는 걸 찾는 게 더 어렵겠다. 뒤집어보면 메이드 인 차이나가 쓰여 있을 듯한 물건들도 즐비하니 매의 눈이 필요하다.

'이런 걸 대체 누가 사' 하면서 가까이 갔다가 '아, 나 같은 사람이 사는 거로구나' 하게 되는 베를린의 동묘 스웩에 홀려 빈티지 유리컵 3개를 골랐다. "5개 사면 하나는 서비스!" 노련한 할머니의 영업 전략은 그대로 성공했다. 그리하여 6개의 유리잔을 이고 지고, 행여나 깨질세라 신문지를 둘둘 감아 서울로 데려오면서 '이걸 내가 왜 6개나 샀을까' 후회했단 건 안 봐도 뻔한 수순이었지만.

커리부어스트와 감자튀김과 바이엔슈테판 한 잔을 사서 그늘에 자리를 잡고 앉았다. 길거리 마술공연이 버스킹 중이었는데 반응이 꽤 괜찮다. 세 살이나 됐을까 싶은 아이가 연신 까르르대며 주변을 맴돈다. 아이의 오른손엔 제 평생 데리고 다녔을 토끼 애착인형이 쥐어져있다. 잘 때도, 피크닉 갈 때도 늘 함께했을 누군가의 애착인형이 아까 플리마켓에도 산처럼 쌓여있었는데. 어디 인형뿐이겠는가. 한때는 아끼고 소중했던 것들이, 혹은 보자마자 사랑에 빠졌던 것들이 쓸모나 필요를 다 하고 새 주인을 찾고 있다.

해가 뉘엿뉘엿 질 때쯤 공연장 쪽으로 더 많은 사람들이 모인다. 누군가의 노래가 끝나면 여기 있던 누군가가 손을 번쩍 들고 나가 노래를 시작한다. "저요!" 바이엔슈테판 1리터를 마시면 없던 용기도 생기는 걸까. 누가 여기서 김광석의 노래를 불러주었으면 좋겠다는 생각을 한다. 아마 그럼 난 울어버렸을 텐데.

가을바람을 타고 어디선가 마리화나 냄새가 난다. 어휴, 이렇게 사람도 많은데 대체 누구니. 자리를 털고 일어설 때가 되었나보다. 맥주나 한 잔 더 하러 가야겠다.

Rainbow in Maldives

호텔리조트에서
한 발짝도
나가지 않기

등짝의 두 배만한 배낭을 짊어지고 운동화 뒤축이 닳아 떨어질 때까지 걷고 걸으며 유럽의 어느 도시에서 맥도날드를 찾아 치즈버거 하나로 끼니를 때우던 스무 살 시절에는, 남녀공용 10인실 호스텔에서 베드버그에 물려도 이것이 곧 추억이 될 거라고 웃어 보일 수 있었다. 대충 공용 세면대에서 양치질을 하고 2층짜리 침대 매트리스에 베드버그 퇴치스프레이를 뿌려도 행복했던 때니까. 어딘가에서 묘하게 올라오는 발냄새와 귓가를 때리는 코골이 소리에도 무심하게 잠들 수 있었던 나이였다. 한푼이라도 아끼고 하나라도 더 보고 한 번이라도 더 움직여야 해. 내가 어떻게 온 여행인데. 눈뜨면 나가고 잠자기 직전에 들어오는 여행자에게 숙소란 안전하게 잠을 잘 수 있는 공간, 그거면 충분했다.

딱히 계기랄 게 있었던 건 아니고, 난 이제 돈도 벌고 나이도 먹었고 쓴 만큼 누릴 수 있다는 자본주의의 짜릿한 맛을 경험했고 당장 이거 아낀다고 인생의 중차대한 것들이 변하지 않는다는 걸 배웠으니까, 나를 위해 이 정도는 투자해도 되지 않겠냐는 뭐 그런 마음이 발동한다는 거다. 나에게 관대하고 헤픈 마음. 내일의 카드 값은 다음달의 내가 해결해줄 테니까.

스크램블이냐 오믈렛이냐 프라이냐 사이에서 고민하는 게 오늘 아침의 최대 고민. 평소엔 챙겨먹지도 않는 아침 식사를 꼬박꼬박 챙겨먹고, 부른 배를 두들기며 수영장으로 향한다.

적당히 그늘이 진 선베드에 자리를 잡고 이 순간을 위해 챙겨온 책을 펼쳐든다. 눈은 글자를 향하고 있으나 좀처럼 집중이 되지 않는다. 모르겠다, 책을 읽기엔 너무 평화롭고 아름답다. 여행지에 『총, 균, 쇠』 같은 벽돌책을 챙겨오면 안 되는 이유다(서울에서도 완독을 시도했다 몇 번이고 실패했던 책이 여행지에서 읽힐 리 만무하다). 틸링엔, 니더삭센, 요네스뵈, 킵초케 같은 낯선 어감의 인물이 등장하는 소설도 마찬가지. 이게 대체 누구였더라, 자꾸만 앞쪽 페이지를 들춰봐야하니 영 진도가 안 나간다. 가벼운 에세이 한 권을 챙겨 내려왔건만 결국 한 페이지도 제대로 읽지 못하고 포기.

온몸 구석구석까지 태양을 쬐고야 말겠다는 의지의 서양인 커플은 선베드에서 미동도 없이 일광욕 중이고(이미 벌겋게 익어버린 피부가 아플 법도 한데 괜찮은 걸까), 무엇이 그리 신나는지 아빠와 물놀이를 하는 아이는 연신 까르르거린다. 이 장면에 나도 참여하고 있다는 게 더할 나위 없이 행복하다.

자외선이 슬금슬금 왼쪽 몸통을 덮치는 걸 피할 수 없어지자 물로 풍덩 뛰어든다. 서른 살이 넘어 동네 청소년수련관에서 수영을 배운 터라 아이러니하게도 물 밖으로 얼굴을 내밀고 하는 생존수영은 할 줄 모른다. 눈, 코, 입 모두 물속에 담가야만 가능한 정석 자유형과 배영, 평영이 내가 할 줄 아는 영법의 전부. 물안경까지 제대로 착용하고 몇 번을 왔다 갔다 하니 이건 물놀이가 아니라 운동이다.

짝꿍은 맥주를 주문한다. 그럼 난 모히또. 럼(Rum)을 이병헌에게 배운 나는 몇 해 전부터 더운 나라에 오면 꼭 모히또를 찾는다. 젖은 머리카락에선 물이 뚝뚝 떨어지고 이제 내 선베드는 햇볕을 피할 도리가 없다.

행복은 때로 멀리 있다. 시간과 비용을 투자해서 얻어낸 완전한 행복. "노이즈 캔슬링 되는 이어폰으로 좋아하는 노래를 들을 때의 그 기분, 이해해?" 모히또의 첫 모금을 삼키며 내가 물었다. 조금의 잡음도, 원치 않는 플레이리스트도 허락되지 않는 완전한 노이즈 캔슬링의 세계. 이 리조트를 한 발짝이라도 벗어나면 그 세계에 균열이 생길 것만 같아서, 서울에 두고 온 구질구질한 걱정거리들이 끼어들 것만 같아서, 오늘 나는 이곳을 벗어나지 않을 거야. 머리가 마를 때쯤 다시 수영을 하고 또 한 번 독서를 시도해야지. 청량한 애플민트 향이 입에 감돈다.

빙하 조각에
위스키
한 잔

아르헨티나 | 페리토 모레노 빙하

희다 못해 푸른빛이 도는 세상. 가뜩이나 흰 세상위로 강렬한 햇살이 내린다. 눈이 부셔. 콧등에 걸쳐진 선글라스를 다시금 고쳐쓴다. 온통 하얀 세상 위로 '흼'을 방해하는 건 우리뿐.

하얀 얼음을 밟고 하얀 얼음을 깨고 하얀 얼음 위를 걷다가 하얀 얼음 위에 앉아 하얀 빙하물을 나눠 마시며 하얀 세상을 나눠본다. 여기는 모레노 빙하. 파타고니아 안데스 산맥의 만년설들이 쌓이고 쌓여 압축된 상태로 얼음이 되었고 그 무게를 이기지 못해 지금도 매일 조금씩 전진하고 있다는 세계 유일의 '살아 움직이는 빙하'이다.

아이젠과 보호 장비를 착용하고 빙하 위를 걷기 전에 우선 전망대에서 모레노빙하 전체를 보기로 한다. 내가 보고 있는 게 대체 뭐지? 빙하가 정말 이 세상에 있는 거였어? 대화도 사치. 침묵하기로 한 이가 아무도 없는데, 모두가 약속이라도 한 듯 입을 닫고 있다.

쿠구구구구쿵-

빙하가 부서지면서 호수 위로 떨어진다. 저 멀리 빙하 안에서 물이 흐르는 소리도 들리고, 쿠궁 쾅, 어디선가 자꾸만 부서진다. 가까이 가보자. 빙하 위를 한없이 걸어본다. 거대한 빙하 사이 크레바스 틈으로 보이는 끝을 알 수 없는 새파란 심연. 깊이가 가늠조차 되지 않는다. 거기서 이상하리만치 강인한 생명력을 느낀다. 초록이라곤 찾아보려야 찾을 수 없는 곳. 풀 한 포기 없는 거대한 빙하세계에서, 빙하를 딛고 서있는 너와 나.

우리가 지금 여기, 살아있어.
이 빙하 연못에선 물고기도 살 수 없대.
우리가 지금 여기, 살아있는 거야.

숨을 고르고 희고 흰 세상의 중간 어디쯤에 대충 엉덩이를 깔고 앉는다. 출발하기 전 배낭에 싸온 샌드위치를 뚝딱. 크레바스 틈에 고여 있는 빙하물을 떠 목을 축인다. 꽤 힘들었는데, 역시 오길 잘했지? 그새 또 흘러내린 선글라스를 바짝 추켜 고쳐 쓴다. 모레노 빙하 투어의 대미는 빙하 조각이 담긴 위스키 한 잔. 투명한 잔도, 그 속에 담긴 빙하조각도 영롱하게 빛난다. 빙하에 위스키라니 벅차오르는 기분. 이 한 잔에 안데스의 수천 년이 담겨있어.
찬바람이 볼을 스치지만, 얼음을 조심스레 깨물어 본다. 와그작.

까맣게 그을린 너의 얼굴과 벌겋게 달아오른 내 두 뺨과 파릇파릇했던 우리의 시작과 우중충하기 이를 데 없던 조금 전의 다툼도 흰 세상 위를 스쳐간다.

눈부시게 하얀 세상 위로 그보다 조금 더 빛나는 너와 내가 있어.

날카로운
첫
해외여행의 추억

열네 살 때인가, 친구들끼리 용돈을 모아 부천역 소렌토에 갔다. 친구 슬기가 데리고 간 그곳은 이태리 음식만 파는 식당이라고 했다(소렌토가 이탈리아의 한 도시 이름이라는 건 아주 나중에 알게 됐다). 부천역 번화가에 우리끼리만 오다니, 어른이네 우리. 슬기는 까르보나라, 치킨도리아, 마르게리타 피자를 멋들어지게 주문했다. 멋있네, 내 친구.

국물이 흥건한 새하얀 파스타를 입에 넣고 세상에 이렇게 맛있는 음식이 있다니 하던 나. 눈이 번쩍 뜨이던 그 순간을 오래도록 잊지 못한다.

같은 해 제주도에 가기 위해 처음 비행기를 탔다. 야자수와 돌하르방, 새까만 털이 박힌 흑돼지구이보다 강렬했던 건 하늘을 날아오르던 찰나의 순간이었다. 몸이 붕 뜨고 귀가 멍해지다가 침을 꼴깍 삼키니 이내 뻥 뚫리던 놀라운 순간. 이런 느낌, 슬기도 경험해봤을까? 여름방학이 어서 끝나기를, 개학해서 친구들을 만나면 자랑하리라 기대하며 그 여름을 보냈다.

스무 살에는 술을 마시고 취하는 경험을 처음 해보았고, 연애라는 것도 해보았다. 첫 키스, 첫 실연, 첫 엠티, 첫 아르바이트, 첫 마라톤……. '처음'이라는 수식어가 붙는 모든 행위들이 쌓여 그렇게 어른이 된다. 생경하고 서툴고, 하지만 짜릿하고 놀라운 순간들. 여전히 앞으로 경험할 '처음'의 순간이 무한한 아이들의 세계란 얼마나 무해한가. 해가 갈수록 '첫**'을 마주할 일이 없어 슬프다는 생각이 들 때쯤, 나의 첫 해외여행을 떠올려본다. 스물두 살이었고, 여름방학이었다.

엄밀히 말하면 내돈내산 순수여행은 아니었고, 공모전에 참가했다가 최종 7개 팀으로 뽑혀 가게 된 싱가포르였다. 제안한 연구주제를 가지고 직접 싱가포르에서 조사, 설문하고 돌아와 프로젝트를 마무리하면 되는 그런 공모전. 연구주제가 뭐였는지 말고는 아무것도 기억나지 않는다. 함께한 친구와 내게 중요했던 건 '우리가 싱가포르를 간다는 것' 그거였다. 여권을 쓰는 것도, 캐리어를 끄는 것도 처음이라고!

싱가포르 가이드북을 사서 꼼꼼히 읽고 곳곳에 줄을 긋고 별표를 했다. 공항에 가면 어떻게 해야 하는 건지, 출국과정에 실수하는 건 아닌지, 비행기는 무사히 탈 수 있을지 조금 (실은 많이) 걱정이 됐다고 할까. 체크인, 수화물보내기, 출국장, 보안검색, 출국심사, 탑승게이트까지 뭐 이리 복잡하니. 일행들이 하는 대로, 가는대로 따라가면서 내내 들었던 생각은 '와 나 나중에 이거 혼자할 수 있을까'였다.

다섯 시간이나(!)되는 비행 내내 멀미를 했고, 입국심사를 마치고 공항에서 나와 싱가포르 땅을 밟을 때까지 쭈뼛거림과 긴장의 연속. 정말 귀여웠네, 나.

후욱 들어오는 습한 공기. 이런 게 열대기후로구나. 모든 게 신기했다. 내가 외국인이라니. 내가 말하면 못 알아듣는 사람들이 사는 세상이라니. 눈에 보이는 모든 것을 다 담고 싶었다. 하나도 놓칠 수 없어. 이 조명, 이 거리, 이 냄새, 이 사람들 전부 다 담을 거야 하는 마음.

밤늦게 도착해 영업 중인 식당도 카페도 없었지만, 호텔에 체크인을 하고 편의점이라도 구경해야겠다며 기어이 밖으로 나섰다. 과자 하나, 음료수 하나에도 호들갑을 떨 수 있는 건 초보해외여행자들만의 특권. 다음날 아침 눈뜨자마자 머라이언 공원에 가서 디지털 카메라를 꺼내 수십 장의 사진을 찍고, 가이드북에 별표 쳐둔 식당에 가 칠리크랩을 먹으며 태어나길 참 잘했다고 생각했다.

값비싼 투어를 하고 진귀한 건축물을 보아도 심드렁하고, '이번에 못 보면 다음에 또 오지 뭐' 하게 되는 쓸데없는 여유가 별로다. 사소한 것에도 일일이 오감을 동원해 감정을 소비했던 그 시절의 여행을 이젠 두 번 다시 못할 걸 알기에 더 그립다. 방에 팁을 두고 나오는 걸 깜빡했다며 MRT역에서 다시 호텔로 뛰어 들어갔던, 프로젝트 일정이 꼬여 센토사에 가지 못해 억울해 눈물 흘렸던, 카야잼 토스트가 세상에서 가장 맛있는 디저트라고 확신했던 스물둘의 순간.

여전히 내 삶은 꽤 많은 첫 경험들이 남아 있을 터다. 외면하고 싶지만 담담히 받아들여야만 할 경험도, 주저하다가 용기 내어 도전해볼 경험도, 선택의 기로에서 맞이할 경험도 있을 테지. 처음이라 어설프고 그럼에도 강렬했던 처음의 순간들이 이전만큼 빈번하게 찾아오진 않더라도 어른이 된다는 건 뭐 또 굳이 말하자면 그리 나쁘진 않다. 그 모든 처음의 순간들이 모여 내가 되었으니까.

스물여섯의

빠이

Thailand Pai

히피들의 천국, 여행자들의 성지.

뭐, 이런 수식어를 가진 곳, 태국 북부의 작은 마을 빠이.

기록적인 폭우로 마을 곳곳이 물에 잠기고, 예약해두었던 숙소로 가는 길 역시 모두 막혀버려 얼떨결에 발이 묶여버렸던 그해 여름. 빠이의 이름 모를 방갈로 숙소에서 무릎까지 차오른 빗물이 사나흘에 걸쳐 조금씩 빠지는 걸 보면서, 이 물이 다 빠지면 우린 헤어지는 거니까 차라리 비가 멈추지 않았으면 좋겠다고 깔깔대던 전 세계의 한량들을 아직도 잊지 못한다. 나는 기타도 칠 줄 모르고 술 담배도 못하고 영어도 어리숙한 코리안 신. 우린 어쩜 그렇게 매일 대책 없이 행복했을까.

내게 빠이는 진흙탕 비와 기타, 노래, 커피, 물담배, 모험의 공간. 세상 어딜 가도 그런 곳은 다신 없을 것 같다. 기억은 시간이 지날수록 조금 더 아름답게 각색되었고, 그래서 나는 이번 여행에서 빠이를 찾지 않았다. 10년 전 그 모습으로 내 기억 속에 오래도록 남아야하니까.

나중에 할머니가 되면 구불구불 흙길을 달려 빠이에 다시 가봐야지. 스물여섯은 꽤 어른이라고 생각했었는데, 나는 그때 정말 어렸었구나.

현지에서
중고
거래하기

"그럼 내일 오전 9시에 와이키키 비치 듀크 동상 앞에서 뵐까요? 괜찮으신가요?"

"네 좋습니다. 내일 뵐게요."

오, 신난다. 짐 걱정 덜었어. 제발 잠수타고 그러지 말아주라.

누적 가입자 수가 3천만 명을 넘겼다는 중고거래 플랫폼을 한 번도 이용해본 적 없는 유형의 사람이 나다. 한때 내 것이었던 것을 포기하기 위해 사진을 찍고 설명을 달고 이유를 설명하는 과정이 귀찮기도 하고, 무엇보다 생면부지의 사람과 약속을 잡고 만나야한다는 게 영 내키지 않는 일이어서다. 그런데 하와이에서 중고거래라니.

하와이 여행이 한 달을 넘어서자 예상보다 짐이 너무 많아졌다. '필요한 것은 가서 사자'란 마음으로 캐리어도 몸도 가볍게 온 건 좋았는데, 그만큼 여기서 산 게 이렇게 많을 줄이야. 눈뜨면 스노클링을 하는 게 일이었으니 카우아이에 오자마자 스노클링 마스크와 오리발을 구입했고, 바다에서 둥둥 떠다녀보겠다고 내 키보다 큰 스윔누들을, 파도와 맞서 온종일 노는 아이들이 재밌어보여서 내 몸통만한 부기보드를 구입했다. 와이키키 비치에서 매일 번거롭게 대여하느니 차라리 내걸 가지고 다니는 게 낫겠다 싶어서 큼지막한 비치타월과 휴대용 파라솔까지 구입했으니 물놀이 용품만으로도 캐리어 하나가 모자랄 지경이 된 셈이다.

한국으로 돌아갈 날이 며칠 안 남았던 어느 날, 마지막 액티비티로 헬기투어를 해야겠다 싶어 정보를 얻기 위해 하와이여행커뮤니티에 접속했다. 어디보자. 후기게시판, 자유게시판, Q&A방, 동행구하기……, 엥? 말머리가 [삽니다], [팝니다]?
주로 물놀이용품이나 미처 쓰지 못한 쿠폰을 사고팔거나, 예약을 양도하는 흔한 중고 거래의 현장이었다. 와, 이거네 이거. 가져가자니 답이 안 나오고, 그렇다고 버릴 수도 없어 진짜 짐이 되어버린 나의 짐들을 팔아야 되겠다!
한 달 동안 내게 가장 쓸모 있고 가치 있던 것들이, 이곳을 떠나는 순간 가장 무용한 것들이 되어버리는 아이러니. 쓰이지 못하고 곁에만 있는 건 좀 별로다. 서울에서 창고 속에 언제까지고 처박혀 있느니 하와이에서 필요로 하는 사람들에게 쓰이는 게 낫겠어.

스노클링 마스크, 오리발, 스윔누들, 부기보드, 비치타올, 미니 파라
솔 팝니다.
9/2-9/5 오아후에 계신 분들 연락주세요.
와이키키 쉐라톤 호텔이나 듀크 동상 앞에서 직거래합니다.
일괄 구매 시 네고 가능.

초등학교 1학년이 된 아이, 아내와 함께 여름휴가를 왔다는 남성
이 듀크 동상 앞에 나타났다. 어제 막 오하후에 도착했는데 아이
물놀이용품만 준비해왔다고 했다. 하와이 이틀 차의 피부톤 맞
네. 뽀얗다 뽀얘. 커다란 쇼핑백에 담긴 스노클링 용품들이 이제
새 주인에게 넘어간다. "이제 여행 시작이라니 부럽네요. 이걸로
저보다 더 재밌는 시간 보내시고 좋은 여행되셔요."
내가 구입한 가격의 절반도 안 되는 가격을 받았는데도 왠지 모
르게 돈을 번 기분. 이거 생각보다 되게 재밌네. 이 맛에 사람들
이 중고거래를 하는 건가보다.
비치타월과 미니 파라솔은 끝내 새 주인을 찾지 못했다. 에어비
앤비 테라스 한켠에 두고 나왔다. 다음 손님이 잘 써주겠지.
9월 5일, 나의 캐리어는 여전히 여유가 있다. 두 번째 주인을 위
해 잘 쓰이고 있는 거지? 한 달 동안 정말 고마웠다. 덕분에 재밌
었어. 와이키키 해변에서 물놀이하는 아빠와 아이의 모습이 그
려진다. 세 번째 주인도 있었을까? 두 번째 혹은 세 번째 주인과
함께 대한민국 어딘가로 들어왔을까? 나의 하늘색 스노클링 마
스크, 노란색 스윔누들, 파란 부기보드.

세탁소에서
빨랫감을 찾으며
시작하는 하루

적어도 보름 이상의 여행을 떠나게 되면 의외로 캐리어가 가벼워진다. 챙겨야 할 옷가지가 되레 줄기 때문이다. 목 늘어난 티셔츠 두 개와 바닥이 맨들맨들하게 닳아빠져 곧 수명을 다할 양말 몇 개를 골라 집어간다. 너무나 오래도록 즐겨 입어 흡사 내 피부 같기도 한, 혹시나 남이 본다면 부끄러울지도 모를 속옷을 두어 개 챙긴다. 입고 버릴 생각. 나와 오래도록 합을 맞춰서 너무나 익숙한 옷가지들을 캐리어에 대충 구겨 넣고 가볍게 떠난다.

여행지에 도착해서 먼저 해야 할 주요한 스케줄 중에 하나는 옷을 사 입는 것이다. 디자인도 품질도 중요치 않다. 당장 여기서 입을 옷이면 된다. 전면에 현지의 도시 이름이랄지, 도시의 캐릭터랄지 뭐 그런 것들이 크게 프린팅 된 티셔츠도 환영이다. 이렇게 사 입은 유치하기 짝이 없는 옷가지들은 한국으로 돌아가면 나의 잠옷이 되곤 하는데, 그래서 나의 잠옷에는 하나같이 와이키키, 빠이, 산티아고, 부에노스아이레스 같은 이름들이 쓰여 있다.

적어도 보름 이상의 여행을 떠나게 되면, 옷을 사 입는 것만큼이나 중요한 게 세탁소에 들르는 일이다. 빨랫감을 모아놓았다가 숙소 근처 세탁소에 세탁을 맡기는 일. 이름을 적고 세탁물의 무게를 달고 찾아가야 할 시간을 체크하는 일. 건조기에서 바싹 말라 은은한 세탁세제 향을 풍기며 나를 반기고 있는 옷가지들을 다시 데려가는 일. 2시간 후에 찾아가라는 콧수염 난 세탁소 아저씨의 말투에선 이 동네 세탁장인의 자신감이 흘러넘친다.

한국에서 수십 년을 살면서도 갈 일이 좀처럼 없는 세탁소를, 이 낯선 도시에서 몇 번씩이나 왔다갔다 하고나면 내가 제법 근사한 여행자가 된 것 같은 기분이다. 나는 비록 여행자지만, 이 도시의 일상에 이렇게나 깊숙하게 들어와 버렸다고 외치는 느낌이랄까.

세탁소를 다녀와 깔끔하게 목욕재계한 옷가지에선 이상스럽게도 그 도시의 향이 난다. 피부를 쪼그릴 듯이 강렬하게 내리쬐는 적도의 도시에서는 따가운 햇볕냄새가 나고, 우기에 만난 도시에서는 다소 꿉꿉하고 눅눅한 냄새가 일렁인다. 아르헨티나의 모든 세탁물에서는 믿지 못할 만큼 강렬한 태양과 탱고의 향기가 났다. 고산병으로 우리를 미치게 만들었던 볼리비아의 라파즈에서는 머리 아플 정도로 인공적인 세탁비누의 냄새가 코를 찔렀는데 실은 그게 고산병 탓이었는지 여전히 모를 일이다.

그 도시의 냄새가 나는 잘 마른 티셔츠를 꺼내 입는 여행자의 아침. 그 순간이 그리워 나는 자꾸만 떠나는지도 모르겠다.

7만 원으로
세계여행 중입니다

스페인 | 세비야

2015년 4월 10일, 나는 73,432원으로 여행을 출발했다. 654일 동안 155명의 SNS 팔로워와 현지에서 만난 여행자들로부터 공감과 1,500만 원을 지원 받으며 여행했고, 유럽에서는 혼자 힘으로 800만 원이 넘는 수익을 내기도 했다. 그렇게 나의 여행은 남아공에서 120만 원 남짓을 남기며 끝이 났다.

이것은 나의 이야기가 아니다. 아쉽게도 이 글에서 나는 '유럽에서 800만 원' 수익 창출원 중 하나를 맡고 있다. 이 이야기의 주인공은 정현이. 현재 한국에서 사진작가로 일하고 있는 이정현 작가다.

정현이를 만난 건 스페인 세비야에서였다. 8월의 안달루시아는 한낮의 기온이 연일 40도를 넘어섰는데, 작열하는 태양에 홀리기라도 한 건지 나는 매일 2만보씩 지치지도 않고 걸었다. 크루즈캄포(Cruzcampo, 세비야 맥주)를 마시기 좋은 날씨라고 생각했다. 차디찬 맥주를 받자마자 벌컥벌컥 마시면 탄산 탓에 목구멍 근육이 잠시 따갑다. 크으으으으아아. 고통이 사라질 때쯤 다시 마신다. 이 뜨거운 도시와 어울리는 청량감이다. 어쩌면 나는 맥주를 맛있게 먹기 위해 이 더위에 이렇게 걸었나보다. '조금 아쉽네.' 혼자 마시는 맥주도 맛있지만 누군가와 잔을 부딪치고 싶다. 지금 이 순간을 기록하고 싶다. 이렇게 계속 걷다가는 열사병에 걸릴지도 몰라.

엇, 스냅사진?

세비야에서 스냅사진을 찍어주는 청년이 있단다. '100유로, 반나절, 수백 장의 사진.' 고민할 필요 있나 이거네. 사진작가가 누군지, 내가 낸 비용을 그가 어디에 쓸 계획인지는 솔직히 관심 없었다. 혼자 맥주 마시다 세비야에서 더위 먹는 거보다야 낫지 않겠어?

혼자 여행을 하다보면 남이 찍어준 내 사진이 정말 귀하다. '캔 유 테이크 픽처 오브 미?' 해봐야 돌아오는 건 3등신 비율의 나이거나 풍경 대비 코딱지만 한 나니까. 이렇게 예쁜 도시에서의 나를 남기면 그만이야.

오후 3시, 대성당 근처 스타벅스. 아, 더위 좀 식히고 촬영을 할 생각인가보다 했는데 대뜸 묻지도 않은 스토리를 늘어놓기 시작한다. 뭐야 얘는…… 어쩌다 지금 세비야에 머물고 있는 건지, 왜 사진을 찍게 된 건지, 여행을 떠나온 지 얼마나 된 건지. 흥미롭다. 이 사람 꽤 진지하네. 진심이 담긴 눈이라고 생각했는데, 생각도 멋진 사람이다. 나는 좀처럼 내 얘기를 하지 않는 편인데, 어느새 이 사람 앞에서 귀도 바쁘고 입도 바쁘다.

베이징행 비행기 티켓 한 장과 7만원 남짓한 돈으로 도망치듯 떠난 여행. 이집트를, 동남아를, 인도를, 그리고 유럽을 돌며, 사진을 찍어주며 시작한 프로젝트가 어느 덧 일 년 반이 되었단다. 막막하고 아무것도 할 수 없었는데 일단 시작하니 다음에 무엇을 해야 할지 보였다고. 고민과 계산이 미래가 주는 가능성을 잃게 하는 것 같다는 말이 내 마음에 박힌다. 이렇게 세비야 스냅을 정리하고 나면 곧 아프리카로 떠날 거라는 계획까지 담담히 얘기하는데, 자존심 상하게도 초면인데 멋있더라.

누군가를 렌즈 안에 담기 위해서는 서로를 알아야 한다고, 이해와 소통 없는 사진은 티가 나더라고, 그래서 우리는 한참을 이야기했고 사진을 찍었다. 그의 닉네임은 워킹스튜디오. 어쩌면 나는 너의 잠깐의 피사체였다가 잊혀질 사람일수도 있었을 텐데, 렌즈 너머 서로를 신뢰하게 돼버렸구나. 여행의 인연이란 참 신기하다. 우리는 세비야 대성당, 스페인 광장, 작은 골목을 걸으며 과거를 위로했고 현재를 공유했으며 미래를 응원했다.

그의 말대로 그는 아프리카를 좀 더 여행했고 서너 달 후에 한국에 돌아왔단 소식을 들었다. 이태원의 작은 갤러리에서 사진전을 열었을 때도, 사진을 업으로 삼겠다고 했을 때도, 그는 여전히 단단했다. 나는 이후로도 몇 번 더 정현이의 렌즈 안에 담겼다. 오랜만에 정현이가 담아준 세비야에서의 나를 보았다. 하필 채도 높은 빨강을 입고, 낙관과 열정으로 충만한 눈을 하고 웃고 있더라. 그건 아마 너로부터 꽤나 감명을 받았기 때문. 나도 질 수 없어 멋지게 살 거라 다짐했던 게 기억이 난다.

한 달 차의
소회

브라질 | 리우데자네이루

한 달은 길지도 짧지도 않다. 너무 식은 무언가를 조금 데우기에
도, 뜨거운 무언가를 조금 식히기에도, 한 달이라는 날짜의 집합
은 적당한 시간이다.

배낭을 메고 캐리어를 끌고 다닌 지 한 달이 지났다. 몇 시간의
비행 끝에 리우의 호텔에 짐을 풀고 하얗고 네모난 호텔 방안에
잠시 앉아 있다가, 나는 목이 말라서 물을 사러 잠깐 프런트에 내
려갔다 왔다. 그사이 너는 샤워를 시작했다. 이 모든 것들이 너무
나 자연스러워서, 그 익숙함이 오히려 생경했다. 한 달은 우리를
여행자로 바꾸어놓았다.
이동이 많은 날은 종일을 이동하는 데 썼다. 이 도시에서 저 도
시로, 이 나라에서 저 나라로. 이동이 끝나면 하루도 끝나있으니
이동하려 여행하는 건지 여행하려 이동하는 건지 모호할 지경이
다. 정착은 여행자의 단어는 아니지만, 하루이틀의 여유가 그리

운 순간은 분명히 있었으니 아마도 거듭되는 이동에 다소 지치기도 한 모양이다.

어린 시절, 방학이 되어 할머니 댁에 놀러 갈 때마다 엄마에게 묻곤 했다. "몇 밤 자고 와?"
다섯 밤은 늘 너무 길었고 두 밤이나 세 밤은 늘 조금 짧았다.

언제나 우리 모두에게는 무언가를 하기에 적당한 날짜의 집합이 있다. 무언가를 시작하기에도, 무언가를 끝내기에도, 무언가에 익숙해지기에도, 무언가에 서먹해지기에도, 늘 다른 길이의 시간이 필요하니까. 어떤 때는 세 밤. 어떤 때는 열 밤. 어떤 때는 서른 밤.

나는 어떨까, 당신은 어떨까.
다음에 떠날 여행의 적당한 길이.

돌아가면 다시 일상을 회복하는 데에도 아마 한 달쯤은 필요할 테고, 어쩌면 그게 되려 어색할 수도 있겠지만, 그 또한 여행의 일부가 아닐까 싶어져서 피식 웃은 것도 같다.
그사이 너는 샤워를 끝냈고, 내가 사 온 물을 마신다.

우리의 여행은 리우에서 계속된다.

레벨업은 무리였어,
서핑스쿨

Indonesia Bali

못하겠어요. 이제 그만할래요.

이 말에도 꽤 용기가 필요하다는 걸 아시는지.

호기롭게 시작했다 끝을 보지 못하고 흐지부지해버린 일들이야 지금껏 살면서 얼마나 많았겠냐마는, 아니다 싶은 일을 미련 없이 놓아버리는 것은 좋은 결과를 보장할 수 없는 일에 과감히 도전했던 자만이 할 수 있는 멋진 일이다(라고 하면, 나의 포기를 그럴싸하게 포장할 수 있으려나).

주로 사람들이 무언가를 새롭게 할 때는 왠지 잘할 수 있을 것 같은 것, 결과야 어쨌든 암튼 재밌으리라 예상되는 것, 둘 중 하나일 텐데, 내가 10일짜리 서핑스쿨을 (겁도 없이) 신청한 이유는 이 두 가지 모두였다.

하와이에서 원데이 체험 서핑을 해봤는데 꽤 나쁘지 않았음 → 본인의 운동신경을 과대평가함 → 서핑에 재능이 있는 것 같다고 믿게 됨 → 잘하면 재미있음 → 10일 내내 서핑스쿨에 올인하면 (내 재능으로는 충분히) 레벨업 할 수 있을 것 같음.

나름대로는 논리적인 의식의 흐름이었다.

그리하여 등록한 꾸따의 서핑스쿨은 시작부터 만만치가 않았다. 첫째로 날씨가 엉망이었다. 우기라고는 알고 있었지만, 잠깐 스콜성으로 내리다 그치는 비가 아니라, 매일 억수같이 쏟아부었

다. 비가 오거나 말거나 오전 6시면 롱보드를 들고 꾸따 비치로
나갔다. 파도가 예사롭지 않다. 패들링은커녕 걸어서 파도를 넘
어 먼바다로 한 걸음씩 나아가기조차 힘들다. 아직 보드 위에 눕
지도 못했는데 파도에 밀려 뒤집히고 보드에 몸을 부딪쳐 정신
이 혼미하다. 퍼붓는 비에 눈을 제대로 뜰 수가 없다. 이 와중에
도 자외선 차단제를 바르고 나왔는데, 비와 함께 눈으로 들어가
따갑고 아프다. 파도에 맞춰 한 번이라도 제대로 일어나는 것조
차 안 되니 환장할 노릇이다. 넘어지고 빠지고 맞고 따갑고 앞은
안 보이고, 대혼돈의 현장. 못해서 화가 나 죽을 지경인데 아프기
까지 하니 방법이 없다. 내가 지금 여기서 뭐 하고 있는 거지.
오전 레슨이 끝났다. 아침을 먹고 휴식을 취하다 오후 레슨 시간
이 되면 다시 꾸따 비치로 나와야 한다. 비는 점점 더 거세진다.
쫄딱 젖은 몸을 씻고 수영복과 래시가드, 보드팬츠를 대충 빨아
넌다. 그새 멍이 들었고 피가 보인다. 아, 아파…….

젖은 수영복과 래시가드를 다시 챙겨 입는다. 젖은 래시가드에
팔 한쪽 넣기가 여간 어려운 게 아니다. 상처가 스칠 때마다 따끔
거린다. 동남아의 우기도 폭우일 수 있네. 옘병…… 롱보드를 간
신히 머리에 이고 꾸따 비치로 향한다. 오전보다 파도가 더 높아
졌다. 오전에도 안되던 게 오후라고 될 리 없다. 더 비틀거리고
더 넘어지고 더 물을 먹었다.
Ctrl+C, Ctrl+V의 연속인 사흘. 이제 더는 안 되겠다. 꾸따도 싫
고, 한시도 이 파도를 맞고 싶지가 않다. "못하겠어요. 이제 그만

할래요."

즐겁자고 하는 일인데, 이렇게 괴로워서야 원. 내 돈 내고 하는 일인데, 아프기까지 해서야 원. 하기 싫은 일 안 하려고 온 여행인데, 매일 이렇게 화가 나서야 원.

행복해지기 위해 행복하지 않은 선택을 해야만 하는 순간들의 총합은 행복이 될 수 있냐고. 서울에서의 내가 스스로에게 묻고 또 물어왔던 질문을 여기서도 할 줄이야. 여기서는 답하렵니다. "아니, 행복한 선택만 해!"

이루려면 결국엔 이룰 수 있겠지만 포기하려면 지금 당장이라도 포기할 수 있는 수많은 일들. 늘 이룸은 생각보다 멀고 포기는 생각보다 가까워서, 포기만 하며 살아도 삶은 열어놓은 탄산음료의 탄산처럼 금세 피식 새어버린 채로 살아질지도 모른다. 하지만 어쩌면 포기조차 두려워 그대로 방치를 하고 외면하는 것들에 대해서 가끔 우리는 생각해볼 일이다. 잘할 수 있는 것, 재미있는 것만 하기에도 인생은 짧다.

그러니까, 이제 내게 우기의 서핑은 없다. 바이!

선라이즈 없는

선라이즈
패들보드

이튿날 아침 눈을 떴을 때 '아아, 여기 참 좋구나'라는 생각이 들었다면 그곳은 이미 나의 마음을 사로잡은 상태. 이튿날 아침 눈을 떴을 때 '아아, 그 사람 참 좋은 사람이구나'라는 생각이 들었다면 마찬가지로 그 사람은 이미 나의 마음을 사로잡은 상태. 분명하다. 쥐도 새도 모르게 사로잡힌 마음엔 이유가 없다.

어젯밤엔 너무 늦게 도착해버려서 이 마을이 어떻게 생겼는지 같은 건 생각할 겨를도 없었다. 겨우겨우 숙소에 도착해서 체크인하고, 물 두 병을 사서는 미처 마시지도 못하고 잠이 들어버렸던 거다. 피곤했는지 그렇게 기절하듯 몇 시간 자고 눈을 떴는데 그냥 좋았다. 커튼 사이로 새어 들어오는 햇살의 강도, 눈뜨자마자 막 시계를 봤을 때의 숫자의 배열, 다리에 감겨있는 침대 시트의 감촉과 건조도, 아직 잠이 들어있는 네 숨소리의 속도, 이런 모든 것들이 종합적으로 만들어내는 좋은 상태.

계획이 딱히 있었던 건 아니었다. 바다처럼 드넓은 호수가 에메랄드빛으로 펼쳐진 작은 마을, 바칼라르. 어쩌면 '아직 잘 알려지지 않은 보석 같은 곳'이란 문구에 혹했던 것 같다. 그렇다면 내가 먼저 가볼 테다 하는 마음이었던 게지.

이 조용한 마을은 상상 이상으로 아름답다. 여기 참 좋다. 대번에 사로잡혔다. 호수라는 게 믿어지지 않을 만큼 끝이 없다. 파도가 없고 수심이 깊지 않다. 손가락이 쪼글쪼글해질 정도로 놀다 나와도 피부가 매끈한 걸 보니 바닷물이 아닌 게 맞네.

다음 날 아침, 선라이즈 패들보드를 하기 위해 캄캄한 새벽에 모였다. 생각보다 바람이 거센 아침. 패들보드 중앙에 적당한 너비로 발을 벌려 서서 노를 젓기 시작한다. 어제 이 호수가 바다가 아니란 걸 확인했는데도 또 의심스럽다. 바람에 물결이 일렁이고, 이쯤이면 서핑을 해도 될 판이다.

쉽지 않네. 앞서간 사람들이 점점 멀어져가고, 나는 연신 팔을 써봐도 좀처럼 앞으로 나아가질 않는다. 겨우겨우 목적지에 도착해 오늘의 패들보드 종료. 선라이즈는 언제 있었던 거야? 구름에 가려 해가 뜨는 걸 보지 못했는데 어쨌든 날은 밝았다.

뭍에 올라와 패들보드를 반납하며 호수를 바라본다. 파도처럼 밀려오는 저 물결이 내 심장 언저리로 쏴아아 밀려 들어오는 기분. 걷잡을 수 없이 요동치던 관념의 세계가 조금은 고요해지는 듯하다.

달이 뜨면 달뜬 하루가 끝이 나고,

무해(無害)한 상태여도 아침은 시작되네.

군이 노를 저어 호수를 건너는 행위처럼, 실용성이라곤 찾아볼
수 없는 무쓸모한 생각들을 굳이 언어로 구체화해보는 게 여행
자의 낭만인가보다. 그리고 그게 오늘 아침에 내가 한 일. 바칼
라르의 아침이 또 밝았다.

나를
비우는 시간,
템플스테이

대한민국 | 정읍

이대로 사라져버렸으면 좋겠어. 문득문득 생각하게 되는 즈음이었다. 죽고 싶진 않고 이대로 살아야 한다니 이 생이 너무 벅차서 도망치고 싶은 기분. 언제까지 이렇게 열심히 살아야 하나. 욕심만큼 되는 건 하나도 없는데. 이 보잘것없는 것들을 위해 치열하게 애쓰는 하루하루가 너무 애처롭게 느껴졌다. 이런 날들이 예고 없이 찾아와 쉬이 떠날 줄을 모를 땐 책도 음악도 들어오지 않는다. 초록의 절정을 지나 조금씩 색을 바꿀 무렵이었다.

'마음이 시끄러울 땐 절에 가렴.' 할머니에게 배운 것. 돌아가신 지 5년이 지났는데도 문득 옥순 씨가 생각이 나는 건 늘 이때 즈음이다.

그렇게 백양사에 갔다. 때마침 추석 연휴가 다가오기도 했고, 며칠간 템플스테이를 하며 머물다 오면 좋겠다는 생각이었다. 정관 스님의 사찰음식을 배울 수 있다는 생각에 기대감이 부풀기도 했고.

오랜만에 정읍에 왔네. 좋구나. 이렇게 대번에 치유되는 마음이라니. 아직 템플스테이는 시작도 안 했는데, 사람의 마음이 이리도 간사하다. 쌍화차 한잔에 삶에 대한 의지가 샘솟는다고? 얼었던 마음도, 몸도 스르르 녹는다.

백양사의 하루는 심플하다. 17시 30분 저녁 공양. 18시 공양간이 닫힌다. 타종을 하고 저녁예불. 그러고 나면 해가 진다. 해가 지면 온통 어둠뿐이다. 머리 위를 까마득히 채우는 별들을 올려다

보는 게 유일한 소일거리. 근래에 이렇게 일찍 잠에 든 적이 있었던가. 새벽 4시 반에 눈을 떠 대웅전에서 예불을 드리다 다 함께 마당을 쓸었다. 비질할 때마다 나는 소리가 경쾌하다. 내 마음도 깨끗해졌으면. 새벽의 공기가 주는 상쾌함과 경이로움. 풍경 소리는 청아하고 비자나무 향이 비현실적이다.

백양사 천진암까지 대체 어떻게 알고 왔을까. 넷플릭스 다큐를 보고 찾아왔다는 외국인들이 꽤나 많다. 어쩌면 여기 모인 대부분의 사람들은 정관 스님의 이 산속 작은 부엌에 오기 위해 버스를, 기차를, 비행기를 탔을 것이다. 스님의 부엌은 햇살과 바람, 꽃들과 채소로 가득하지만, 이보다 귀한 건 여기 이 사람들과 정관 스님이었던 것 같다.

"어머 너무 아름다워! 이건 찍어야겠다."
"나 너무 잘 찍는 거 같지 않니? 여기봐봐 스마일~"

1년에 딱 하루, 탱자청을 만드는 날. 탱자 열매 썰기 임무를 쥐여주시고는 신나게 사진을 찍어주시는 정관 스님. 어찌 그대를 사랑하지 않을 수 있겠소.

"겨울에 탱자차 마시러 꼭 와. 내 음식 먹으러 와줘서 고맙고."

비움이니, 예니, 도덕이니, 그런 거창하고 멋있는 말 없이도 사랑을 배운다. 반야심경을 몰라도 깨닫게 되는 마음이 있다.

이랬다저랬다 한다는 건 늘 둘 중의 하나. 자신이 없거나 욕심이 많거나. 쉼 없는 선택의 순간은 끊임없이 우리 앞에 놓이고 우리는 꽤나 자주 변덕과 갈등으로 힘들어한다. 이대로 사라지고 싶다고 중얼거리다 정읍으로 도망쳐 왔지만, 쌍화차와 새벽 백암산, 정관 스님의 사랑, 음식, 뭐 이런 것들로 이내 잊어버렸다. 이렇게 한동안은 또 치열하게 살아갈 힘을 얻는다.

걸어서
국경 넘기

저게 다야? 국경이 저렇게 허술해도 되는 거야?

책상에 금을 긋고 '여기 넘어오면 다 내 거' 하던 시절에도 영역 구분이 이보다는 더 깐깐했을 것 같다. 페루에서 볼리비아로 넘어가는 길. 버스를 타고 푸노까지 한참을 달리다, 여기에 갑자기 버스를 왜 세우는 거지 싶은 곳에서 버스가 멈춘다.

"하차하세요!" 어리둥절한 사람들이 영문도 모른 채 내린 이곳이 국경이란다. 사람들이 모두 하차하자 버스는 어딘가로 떠나버린다. 허름한 건물들과 좌판을 깔고 물건을 파는 사람들. 그리고 이 낡고 작은 건물이 페루의 국경사무소.

버스에서 작성한 용지와 함께 도장을 쾅 받고 몇 발자국 걸어가면 Thank you for visit, Peru, 이 간판까지가 페루. 같은 간판의 뒤쪽은 볼리비아다. Welcome to Bolivia. 간판 아래 서서 성큼, 왼쪽 다리는 아직 페루, 오른쪽 다리부터 볼리비아. 이렇게 한 걸음 만에 국경을 넘었다.

아니 이게 임시 사무소가 아니고, 진짜 여기가 맞다고?

방금 페루에서도 경험했잖아. 볼리비아라고 다를 건 없다. 외벽에 낙서가 가득한 볼리비아 국경사무소에서 입국심사를 마치고 버스를 기다린다. 함께 버스를 타고 왔던 사람들의 입국심사가 모두 끝나야 출발할 수 있는 거다. 남은 페루 돈을 환전하고 남은 돈으로 좌판에서 과자를 산다. 과일이며 과자며 음료수며, 국경까지 힘겹게 이고 지고 왔을 아주머니들의 노고에는 이유가 있다. 국경을 넘은 여행객들에게는 제값보다 비싸도 기꺼이 지갑을 여는 게 합리적인 소비. 음, 이 과자 짭쪼름한 게 맛도 나쁘지 않다.

국경의 기둥 옆 그늘에서 열쇠고리 장식을 만들어 파는 청년이 제법 솜씨가 좋다. 색색의 실을 엮어 매듭을 만들어가는 일. 그에겐 그게 일상의 전부일 테지. 라파즈에서 왔다는 청년은 오늘도 페루와 볼리비아 사이 허름한 국경 아래 앉아 그렇게 매듭을 엮어간다. 최대한의 정성으로 최대한 몰입해서.

어쩌면 누구에게나 삶은 그런 것일지도 모르겠다. 그냥 그날그날의 매듭을 엮어가는 일. 시간과 공간, 나와 당신, 사람과 사람, 마음과 마음. 그런 색색의 실들로 순간순간 새로운 매듭을 엮어가는 것.

매일 하는 익숙한 일이지만, 한순간도 대충할 순 없다. 풀기 힘들도록 잘못 엮어진 매듭은 돌이키기 어려운 과거와 같으니까. 그러니 집중하고 집중해서 한 올 한 올 최선을 다하는 것이 최선. 매일 하는 일이지만 처음 하는 일처럼. 처음 걸음을 떼듯 신중하게, 왼발 앞에 오른발. 오른발 앞에 왼발.

매듭을 다 엮어낸 청년이 우리 돈 4천 원 정도를 받으며 건넨 한 마디는,

Good luck!

모두의 매듭에 행운이 함께하길.

그래 그거면 충분하다 싶다.

라파즈로 가는 버스에 다시 올랐다.

경계가 모호한 국경에서, 경계가 없는 마음으로 분명하게 앞으로 나아가는 시간. 이렇게 우리의 볼리비아가 시작되었다.

경운기
타고
공항 가기

팔각와 카다멈, 넛맥과 갈랑가를 넣고 찐하게 블랙티를 우렸다가 우유를 넣고 강불-약불-강불-약불-강불, 이렇게 세 번 파르르 끓여낸 짜이. 연유를 두 스푼 넣고 달달하게 시작하는 냥쉐의 아침이다. 엊그제 시장에서 배운 대로 흉내 냈더니 맛이 제법이다. 인레호수를 보기 위해 냥쉐에 왔지만, 나는 그냥 이 마을이 좋다. 오늘은 냥쉐의 마지막 날. 뭘 해야 조금이라도 덜 아쉬울까. 어제처럼 일단 자전거를 빌려야겠다. 그리고 어제처럼 또 온천에 가야겠다.

하루 대여료 단돈 1달러. 눈곱만 떼고 온천에 갔다. 안장이 너무 높아 앉아도 발끝이 닿지 않는다. 녹이 슬어 페달을 밟을 때마다 찌걱거리는 소리를 내지만 그래도 굴러가면 그뿐. 비포장도로를 달리면 경추까지 덜컹거리는 기분이지만 그래도 굴러가면 그뿐. 걷는 게 차라리 더 편할 것 같은 숲길을 40분쯤 달리면 '이게 맞아?' 싶은 온천이 나타났더랬다. Khaung Daing 'Natural' Hot Spring (카웅 다잉 '내추럴' 핫 스프링). 이보다 더 내추럴 할 수 없는 신개념 자연 친화 오픈형 온천이다. 수영복을 미처 챙겨오지 못해 입구에서 대여했는데 생각보다 예쁘고 멀쩡(?)한 것이 의외의 감동 포인트.

입장하고 보니 우리 동네 목욕탕 온탕 욕조 하나보다 작은 크기의 탕이 네 개, 그리고 일렬종대 선베드 몇 개가 전부. 날이 흐려서인지 손님은 나뿐인데(이쯤 되면 여길 용케 알고 찾아온 내가 더 신기하기도 하다), 미니바엔 직원이 세 명이나 있다. 내가 언제쯤 음료를 주문할까, 내가 언제쯤 자리를 옮길까 예의주시하는 그들을 위해 뭐라도 마셔야겠다 싶다.

아보카도 쉐이크 하나 주문했을 뿐인데, 손짓 몸짓 영어 미얀마어 한국어가 난무하고 깔깔거리며 웃다가 서로 사진을 찍어주기 시작했다. 시스터, 왜 자꾸 정면을 보라는 거야. 이런 건 인스타그램 느낌이 아니야. 난 일부러 뒷모습을 보인 거라니까? 한 수 가르쳐줄게. 코리안스타일.

이게 바로 어제의 내추럴 핫 스프링 에피소드다. 다시 땀 뻘뻘 흙길을 달려오느라 샤워를 해야 했지만, 오늘 또 갈 이유 충분하잖아?

"MJ, 벌써 체크아웃하는 거야? 너 오늘 계획이 뭐야?"

"온천 갔다가 혜호 공항으로 갈 거야. 저녁 비행기로 양곤에 돌아가. 여행사에 택시 불러달라고 하려고. 어제 물어봤더니 온천 앞에서 기다려준다더라고."

"오, 그럼 이거 타고 온천 가. 너 기다려줄게. 공항도 걱정하지 마."

"어머, 그래 줄래? 고마워, 뚜야."

그렇게 우리는 경운기를 타고 비포장도로를 덜덜덜 달렸다. 한 시간 정도 온천욕을 하고 나왔는데 택시를 안 불러줬길래 '뚜야, 택시 어딨어?' 했더니 '무슨 소리야 MJ, 우리 이거 타고 공항 갈 거야'라는 대답이 들려온다.

내가 잘못 들었나? 공항에 경운기를 타고 갈 거라고?

헤호 공항은 해발 1000미터 산 중턱에 위치해 있다. 구글맵을 켜서 확인해보니 차로는 30분 거리. 그래 뭐 이 정도면 그럴……수도……있겠다……. 나흘 내내 짜이를 나눠 마시던 정으로 다져진 우리다. 경운기 서비스는 정말 예상 못 했는데 말이지. 구불구불 오르막 산길. 덜컹덜컹 흙먼지를 일으키며 오르긴 오른다. 소떼와 함께 2시간 만에 헤호 공항에 도착했다. 경운기 짐칸에서 내리자 공항에 있던 서양 여행객들이 어리둥절한 표정으로 쳐다본다.

"안 늦었지? 일찍 와야 좋은 자리 앉아서 가지."

뚜야의 경운기는 다시 이 산 중턱을 지나 냥쉐로 돌아가겠지. 울컥. 미얀마에서는 내내 믿지 못할 만큼의 환대와 친절을 경험했는데, 매번 그 정도랄까 깊이가 경신된다. 뚜야는 내가 공항건물로 들어갈 때까지 내 뒷모습을 지켜봐 주었다. 돌아볼 때마다 나를 바라봐주는 사람이 있다는 건 이토록 벅찬 일이구나. 오랜만이다, 이런 기분.

냥쉐는 인레호수, 짜이, 내추럴 핫 스프링, 아보카도 쉐이크, 낡은 자전거, 경운기, 그리고 조건 없는 환대.

오늘은 누군가의 뒷모습을 오래도록 눈으로 보듬어야겠다.

인스타그램이 뭐기에,
발가락 골절
발리스윙

Indonesia Bali

인류는 타인과 나를 비교하며 스스로를 절망에 몰아넣는 데 일가견이 있다. 입소문이나 사회적 평판 따위로 만족할 수 없으니 급기야 일상의 하이라이트 순간순간을 전시할만한 획기적 수단을 발명하기에 이르렀다. 하릴없이 우쭐대고 분노하고 기뻐하고 좌절했던 허송한 시간들. 그래도 나는 포기할 수 없다. 날 망치러 온 나의 구원자, 소셜미디어.

인류 유사 이래, 우리는 타자와 가장 폭넓게 소통할 수 있게 됐지만 여전히 외롭다. 그러니 나는 더더더, 자꾸만 확인받고 싶다. 좋아? 멋져? 부러워? 괜찮았어?

'인스타그래머블'이라는 단어가 사전에 등재될 줄이야 누가 알았겠어. 발리에는 '인스타그램 투어'라고 이름 붙은 택시 투어가 있다. 소요시간, 원하는 코스를 직접 짜거나 미리 구성된 투어를 그대로 선택해 기사와 차량을 렌트하는 것이다. 뜨갈랄랑, 발리 스윙, 천국의 문, 렘뿌양 사원, 띠르따 강가, 투카드츠풍 폭포, 따만 우중 등을 돌며 '인생샷'을 남기는 게 핵심.

여행의 마지막 날이라, 그동안 들르지 못했던 곳들을 한 번에 구경하고 (사진 찍고) 돌아가겠다는 마음으로 나 역시 이 투어를 신청했다. 호텔에서 짐을 챙겨 체크아웃하러 나오는데 호텔 슬리퍼에 발목이 꺾여 넘어지면서 발가락에 꽤 큰 충격이 있었다. 눈물이 핑 돌 정도로 아팠지만 그러려니.

오늘의 가이드 샌디를 만나 차를 타고 투어를 시작했다. 오늘 계획된 스폿이 여러 곳이라 갈아입을 여벌 옷까지 따로 챙겨됐다. 뒷자리에 앉아 렘뿌양 사원으로 가는 길. 발가락이 심상치가 않다. 점점 새카맣게, 심각할 정도로 부어오른다.

"샌디, 이거 설마 부러진 건 아니겠지?"
"에이, 부러졌으면 이렇게 다닐 수가 있겠어?"

맞다. 아프지만 절뚝거리면서 걸을 순 있으니 골절일 리는 없다. 1700개의 계단을 절뚝이며 올랐다. 천국의 문 사이로 보이는 나와 아궁산을 반영 사진으로 찍는 컷으로 유명한 이곳은 바닥에 물 한 방울 없다. 핸드폰 카메라 아래쪽에 검은 유리를 대고 사진을 찍으면 물에 반영된 듯한 컷이 연출되는데, 이거야말로 무에서 유를 창조한 거 아니냐며 크게 웃었다.

띠르따 강가로 불리는 물의 정원에서 촬영되는 인스타그래머블 컷은 연못의 징검다리에 앉아 잉어들을 배경으로 찍는 거란다. 이 명당자리에서 사진을 찍기 위해 기다리는 인파들로 징검다리 위에서 정체 현상이 일어나는 건 당연한 얘기. 띠르따 강가 입구에서 판매하는 물고기 먹이를 가지고 이 포인트에서 뿌리면 잉어들이 팔딱팔딱 뛰어오르며 몰려드는데, 이때 찰칵.

이렇게까지 해서 사진을 찍어야 하나 싶은 생각도 들고, 워낙 인파가 많아 제대로 사진을 찍기도 어렵지만, 점점 부어오르는 발가락 걱정이 우선이다. 그래도 카메라가 보이면 웃는 걸 보니 부러진 건 아니라며 다시 이동!

발리를 넘어 전 세계에서 가장 포토제닉한 스폿 중 하나가 아닐까 싶은 곳, 발리스윙에 도착했다. 절로 감탄사가 나오는 아찔한 풍경과 당장이라도 하늘로 날아오를 듯한 모습에 많은 이들이 이곳을 찾는다. 무한히 펼쳐진 초록빛 계단식 논과 높게 솟은 열대림, 상상 이상의 높이에서 날아오르기 직전까지 올라갔다 내려오는 그네 위에서 하늘과 초록의 땅을 모두 맛보는 일은 쉽게 경험할 수 있는 것이 아니니까. 한참을 기다린 끝에 이제 내 차례.

"MJ, 준비됐어?"

이걸 위해 빨간색 원피스를 입고 온 거다. 아이고 발가락이야. 얼얼. 바람을 가르는 그네의 기분이 기대 이상으로 멋졌다. 음, 이만하면 오늘 인생샷 여럿 건졌어.

다음날 서울에 도착해 정형외과를 찾았다. 그로부터 5주간 꼼짝없이 깁스를 하고 다녔다. 맞다. 골절이었다.

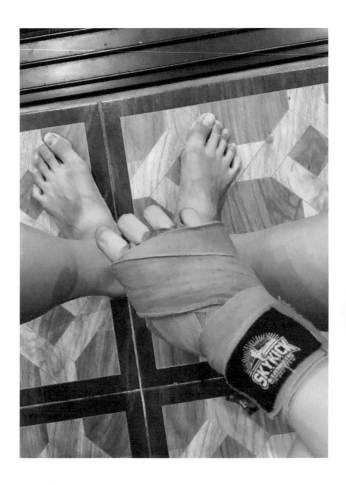

개밥바라기별과
무에타이
클래스

어휴, 죽겠다. 내일 아침은 사족보행 당첨이네.

계단을 한 칸씩 내려오는데 다리가 후들거린다. 스읍 – 하아 –
있는 힘껏 들이마신 공기에서는 매연냄새가 느껴진다. 에이, 참.
어스름이 내려앉은 하늘에 목성과 금성이 보인다. 누가 나에게
이런 걸 가르쳐줬더라. 하늘을 올려다보며 별을 배웠다. 오늘 유
난히 금성이 잘 보이네. 금성은 새벽녘에 동쪽 하늘에서 뜨면 샛
별, 지금처럼 해가 진 후 서쪽하늘에서 보이면 개밥바라기별. 강
아지가 저녁 무렵 배가 고플 때쯤 뜨는 별이라고 해서 개밥바라
기별이라는 이름이 붙었다던데, 언제고 금방 사라질 수 있으니
빨리 눈에 담아야 한다. 강아지에게 밥을 주면 허겁지겁 먹어서
밥이 금방 사라지듯 지금 저 금성도 금세 사라질 테니까.
달 아래 목성 아래 금성. 내가 가장 좋아하는 시간. 근데 지금은
별이고 뭐고, 그냥 눈앞이 다 별이다. 아이고, 되다.

일상과 여행 사이 그 어디쯤에 있는 치앙마이 30일차. 익숙한 식당과 카페가 생겼고 '미정, 여기서 또 만나네. 내일 아침 빈야사 클래스 올 거지?' 안부를 묻는 사람이 몇 있다. 요일의 루틴과 해내야 할 일들이 있는 것. 이를테면 나는 그런 여행을 하고 있다. 그리고 오랜만에 평소보다 좀 더 먼 곳까지 걸어와 버렸고, 무에타이 체육관을 발견했다.

오, 재밌을 것 같은데, 들어가서 물어나 보자. 그리고 그 자리에서 바로 클래스를 수강해버렸다는 거지, 뭐.

"10분 후에 오늘 마지막타임 클래스가 있는데 구경해볼래?"
"아니면 원데이 클래스를 들어봐도 좋아."

몸을 풀고 근력운동을 하고 킥, 원투원투, 킥킥. 원투, 킥킥킥. 원데이 클래스라고 봐주는 건 없나보다. 와, 내가 이래봬도 매일아침 러닝과 마라톤으로 다져진 체력인데!

외국에 가면 마치 내가 한국인 전체를 대표하는 사람 같아서 뭐든 허투루 할 수가 없다. 맘대로 표정을 찌푸리지도 못하겠고, 징징대지도 못하겠고, 짜증내지도 못하겠고 뭐 그런 것들. '한국 사람들은 유쾌하고 체력도 좋고 유머러스하고 암튼 멋져!' 날 보고 그렇게 여겨주길 바라는 거다. 이런 게 민간외교 아니겠어. 깨나 애국자다.

숨이 턱밑에서 뭍 위의 물고기처럼 위태롭게 펄떡인다. "원 모어 타임! 원 모어 타임!"

다리에 힘이 빠지는 순간들은 늘 비슷하다. 이제 곧 끝날 줄 알았던 것이 끝이 아님을 느끼는 잦고 약한 절망의 순간. '더더더!'를 몇 번이고 반복해도 도착할 수 없었던 곳들과 완성 지을 수 없었던 것들. 그래. 이런 게 나를 지치게 했다.

드디어 Finish!
끝났다. 해냈다. 버텼더니 도착했더라.

"제법이네! 재능 있어, 너! 하이파이브!"

그날 함께 찍은 사진 속에 우리들은 마냥 밝고 아름답다. 스읍 –
하아 –

개밥바라기별이 사라지기 전에 시원한 맥주를 들이켜야겠다. 달 아래 목성 아래 금성. 무에타이 후에 올려다 본 하늘은 하필 내가 가장 좋아하는 시간의 하늘이었다. 아이고, 죽겠네!

중2병과
화양연화,
영화 따라가는
여행

내가 중학교 2학년일 때에도 중2병이란 말이 있었던가. 나는 열
다섯에 무얼 하고 있었을까.

사춘기가 제법 일찍 찾아왔던 나는 초등학교 5학년 즈음에 중2
병을 격하게 앓았던 것 같다. 다이어리에 일기 대신 시를 썼다.
방 한구석 작은 손거울 앞에 웅크려 앉아 이마에 난 뾰루지를 짜
며 라디오를 들었다. 열두 살의 눈에 비친 이 세상은 너무 부조
리하고 불공평했다. 어른들은 죄다 이상했고 엄마도 아빠도 미
웠다. 밤은 길고 세상의 모든 사랑 노래는 내 얘기였다. 첫사랑은
아팠다.

　세상 사람들은 너무 유치해.

H.O.T.가 아니라 왕가위와 양조위를 좋아하는 것으로 내가 여
느 십대와는 다름을 증명해 보였던 것 같다. 나의 심오한 감성과

디테일한 세계를 이해해줄 만한 사람은 그의 영화뿐이라고 생각하면서 한껏 허세에 취해있었던 아이. 아빠가 〈더 록〉이나 〈다이하드〉 같은 비디오를 빌리러 갈 때 〈중경삼림〉이나 〈타락 천사〉를 쓰윽 밀어 넣던 초딩이라니. 그리고 진짜 중2가 됐을 때, 인생 15년 차에 인생 영화로 등극한 〈화양연화〉를 만났다. 나는 그해에만 이 영화를 네 번 보았다.

질풍노도의 시기와 스무 살의 열병, 치기 어린 연애와 살벌한 이별 같은 것들을 경험한 스물여섯, 나는 홍콩에 가 있었다. 금발가발을 쓴 임청하가 사람들 사이를 비집고 지나가는 곳. 노란 조명이 뿌옇게 흔들리고 음험한 분위기가 곧 나를 삼킬 듯한 청킹맨션. 아주 어렸을 때부터 상상 속에서 숱하게 걸어왔던 홍콩의 거리와 뒷골목을 실제로 밟았을 때의 기시감이 너무 짜릿해서 한국으로 돌아가고 싶지 않았다.

내가 그토록 사랑하던 〈화양연화〉는, 실은 거의 태국에서 촬영됐다는 걸 알게 되었을 때의 배신감 따위는 아무래도 좋았다. 건물 외벽을 빼곡히 채운 에어컨 실외기와 낡은 벽돌, 간판으로 뒤덮인 침사추이, 화려한 네온사인, 하늘 높이 치솟은 고층 건물들 사이로 스쳐 가는 사람들. 1960년대부터 2000년대가 이 도시에 전부 담겨있다.

국숫집 계단은 리모델링 되어 영화 속 모습을 찾아볼 수 없고, 골드핀치 레스토랑도 폐업했다는 얘기를 들었다. 아쉽지만 어쩌겠어 화양연화는 지나간 것을.

그 시절이 가진 모든 것은 이제 사라지고 없다. 지나간 세월은 먼지 쌓인 유리창처럼 볼 수는 있지만 만질 수 없기에 그는 여전히 지난 세월을 그리워한다.

나는 오늘을 살고 있지만 먼지 쌓인 유리창 너머 누군가의 화양연화를 훔쳐본다. 한 20년 후에 이곳에 다시 오면 그때가 나의 화양연화였노라 유리창 너머 유리창을 그리워할까.

침대에 누워 천장을 아무리 노려보아도 절대 잠이 오지 않는 새벽 두 시, 지나간 연인들을 곱씹어보며 그 시절의 나를 떠올려보곤 한다. 마흔이 되어도 쉰이 되어도 도무지 완치되지 않을 것 같은 나의 중2병을 위해, 말랑말랑한 심장을 숨기고 〈화양연화〉를 플레이한다. 꽃같이 아름답고 찬란한 시절을 홍콩에 두고 왔다.

미술관을
즐기는
방법

프랑스 │ 파리

Paris 1

오늘은 하루 종일 오르세. 아침에 가이드 투어 받고, 작품보고 밥 먹고 작품보고 커피 마시고 작품보고 멍하니 있다가 시계를 보니 하루가 다 갔다. 조각엔 아무런 감흥이 없는 사람인 줄 알았는데 〈지옥의 문〉을 보자마자 눈물이 다 나더라. 거참 모를 일. 그래서 내일은 로댕 미술관에 가야겠다고 마음먹었다.

Paris 2

미술관을 즐기는 방법은 여러 가지. 오로지 한 작품 앞에 수 시간을 앉아 있기도 하고, 휘리릭 지나치기도 하고, 사람들 뒤통수 틈으로 겨우 빼꼼히 보이는 작품의 3할에 만족하기도 한다. 그리고 오랑주리 한켠에 자리 잡고 르누아르를 모작 중인 이 할머니의 방식도 너무 멋지다. 굽은 허리마저 오랑주리의 오브제 같은걸.

Paris 3

저녁 10시가 다 돼가는데 여전히 대낮 같은 파리의 밤. 하나도 안 추운 척 파리지앵들이 하듯 굳이 테라스 자리에 앉아 스타터부터 디저트까지 빠짐없이 챙겨 먹는다. 영어가 들리지 않는다. 파리 할머니들로 가득한 이 식당은 맛집인 것이 분명하다. 이제 어둠이 깔렸다. 그 흔한 에펠에 조명이 반짝인다. 오늘도 또 예쁘다니 반칙이다.

Paris 4

그러니까 그런 거지, 마가린은 마가린일 뿐 버터가 될 수 없다고. 난 이미 녹진한 고메버터의 맛을 알아버렸는데, 어떻게 마가린을 집을 수 있겠냐고. 근데 재밌는 건 뭐냐 하면, 지글지글 마가린에 부쳐낸 토스트는 버터 따위가 흉내 낼 수 없다는 거야. 나 참, 세상이 이렇다니까 글쎄. 퐁피두 센터에서 칸딘스키와 몬드리안의 작품을 보다가 대체 왜 그런 생각이 들었을까. 어쩌면 이제 여행에 조금 지쳤는지도.

모스크바
감금기

직장인에게 여름휴가란 영혼을 바꾸는 한이 있어도 절대 사수해
야 하는 일. 적어도 내겐 그랬다. 편성제작국 아나운서팀의 막내
사원에게 여름휴가는 일정 선택의 폭이 크지 않다. 6월 중순부터
한주씩 휴가를 떠나는 선배들을 대신해 이리 뛰고 저리 뛰다 퇴
근길 내게 들려온 말이란 이런 것. "신미정 아나운서, 다다음 주
에 일주일 휴가 다녀와요."

아니 이렇게 갑자기? 다다음주가 싫으면 나 휴가 못 쓰는 거야?
선배면 다냐- 는 말을 차마 내뱉지는 못하고 "네, 알겠습니다."
네네 병에 걸린 일개 K사원이 별수 있나. 이때 아니면 이번 여름
휴가는 영영 없을 분위기인걸. 여름휴가가 9일밖에 남지 않았다.
이번 여름휴가는 엄마랑 가겠다고 선언했던 연초의 나를 이제
와 탓을 하면 무엇하리. 사람이 둘이니 경비도 딱 두 배. 곱절로
가벼워지는 통장 잔고는 미래의 내가 조금씩 채워 넣겠지, 뭐.
극성수기의 여행이란 게 이렇게 잔인하다. 뭐든 비싸고 그나마

도 없다.

그해 봄에는 〈비포 미드나잇〉이 개봉했었고, 뒤늦게 〈비포 선라이즈〉와 〈비포 선셋〉을 보고 한동안 헤어나올 수 없었던 나는 올해 여름엔 무조건 빈에 가야겠다고 다짐했었다. 그러니까 나는 9일 후에 오스트리아에 있어야만 하는 거다.

스카이스캐너를 백번쯤 새로고침 해 봐도 달라지는 건 아무것도 없다. 내가 감당할 수 없는 가격의 항공권을 선택할 바에야, 러시아항공을 이용하는 게 낫겠다 싶었다. 환승 시간 2시간 30분. 모스크바를 경유해 빈으로 가는 아에로플로트 항공권은 가격 면으로나 비행시간 면으로 보나 상당히 합리적인 선택이었다. 하지만 당시 러시아항공은 연착과 수하물 분실, 안하무인의 태도로 악명이 높았다. 유럽여행 커뮤니티에는 '러시아항공 비추 후기', '아에로플로트 절대 타지마세요'와 같은 글들이 심심찮게 올라오곤 했더랬다. 그렇지만 달리 선택지가 없는데 어쩌겠어. '설마' 내가 탈 비행기가 연착하진 않겠지. '설마' 연착을 하더라도 한 시간 안쪽이겠지. 엄마와의 첫 해외여행은 그렇게 시작됐다.

탑승 마감 시간이 돼도 게이트가 열리지 않는다. 출발지연이란다. 음, 그럴 수 있지. 예정된 시간보다 30분이 지나도 열리지 않는다. 승객들이 여기저기서 불만을 제기한다.

지연 1시간. 불안하다. 지금이라도 당장 출발해야 오스트리아행 비행기를 탈 수 있을 것 같은데.

지연 1시간 30분. 아 진짜 큰일인데.

지연 2시간. 빈으로 가는 비행기도 연착이면 희망이 있으려나.
지연 2시간 30분. 망했다. 비행기 놓쳤다. 대체 어떻게 해야 하니.

우리의 비행기는 결국 원래 예정시간보다 3시간이나 늦게 출발
했다. 모스크바에 도착했을 땐 이미 오스트리아행 비행기는 떠
난 후였다. 우리 이제 어떡해. 망연자실한 건 나뿐만이 아니었다.
유럽으로 갈 예정이었던 많은 승객들이 우리처럼 비행기를 놓쳤
고, 러시아항공에 책임을 물었다. 다음 비행기를 타고 가라는 쿨
한 대답. 그럼 다음 비행기는 언젠데? 내일 아침이란다.
잔뜩 화가 난 사람들이 따지기 시작하자, 오늘 1박은 본인들이
호텔을 제공하겠다고 한다. 당시만 해도 러시아는 한국인들이
무비자로 여행할 수 있는 곳이 아니었다. 그 말인즉슨, 러시아 비
자가 없는 우리는 멋대로 공항 밖을 나갈 수도 없다는 얘기다.
대형버스 한 대가 우리를 싣고 어딘가로 향했다. 도착한 곳은 공
항 근처 노보텔. 졸지에 불법 입국자가 되어버린 우리는 철저히
통제되었다. 허락 없이 각자 방에서 절대 나오지 말 것. 식사시간
이 되면 부를 테니 다 같이 이동해서 움직일 것. 다음 비행시간이
되면 데리러 오겠음. 그 밖의 어떤 질문도 허락되지 않는다. 영어
를 쓰는 사람이 없다. 분명 잘못한 게 하나도 없는데 러시아를 위
협할 중범죄자가 된 느낌이다. 호텔 방에 갇힌 채 엄마와 실없이
웃었다. 살다 보니 별일이 다 있네. 우리 내일 아침엔 갈 수 있을
까? 캐리어는 오스트리아에 도착해 있는 걸까? 그거 못 찾으면
어떡하지? 정말, 별일이다.

저녁 시간이 되자 누군가가 방문을 두드린다. 그를 따라가 지하층으로 내려가자 아까 인천공항에서부터 함께 있었던 국제미아 동지들이 모여 있다. 웅성웅성.

알 수 없는 고기튀김 요리와 매쉬드포테이토. 칼로 쓱쓱 썰 때마다 기름이 뿜어져 나오는 신비한 음식이다.

"모녀인가보다. 보기 좋아요. 두 분은 어디로 가요?"

"오스트리아 빈이요."

엄마 또래의 아주머니 몇 분은 곗돈으로 헝가리 체코 여행을 오셨단다. 하필 시작부터 재수가 너무 없다며, 러시아 빨갱이 놈들 두고 보자 깔깔깔. "기지배, 여기 다 억울한 사람뿐이지 뭐. 이것도 추억이야 얘."

나쁜 러시아항공, 못된 러시아사람들! 연신 화를 내며 언성을 높이는 어르신도 있지만, 달리 방도가 없다. '하필' 나에게 일어났을 뿐이다.

식사가 끝나자 각자의 방으로 끌려가듯 돌아갔다. 다음 날 아침, 복도가 웅성거리는 소리가 날 때마다 사람들이 빠져나갔다. 곗돈 여행팀도 헝가리행 비행기를 타러 떠난듯했다. 왜 우리는 안 부르지. 프런트에 전화를 걸어 수차례 확인을 했다. 한 시간이나 따져 물어 돌아온 대답은 "빈행 비행기는 빈자리가 없어서 너는 그다음 거 타야 해. 기다려." 뭐라 해야 할까. 그때의 분노와 불안과 초조함이 수년이 지난 지금까지 생생하다.

결국 우리는 오후 1시가 되어서야 탈출할 수 있었다. 모스크바 노보텔 203호 감금 26시간 만에 공항에 돌아와 오스트리아행 비행기에 탑승했다. 인천공항에서 출발해 빈에 도착하기까지 2박 3일이 걸렸다. 내 캐리어를 찾을 수 없었던 건 불 보듯 뻔한 일. 그래도 다행히 빈에 도착한 이틀 차에 내 짐은 호텔로 보내졌다. 정말, 살다 보니 별일이 다 있다. '설마'는 진짜가 되고, '하필'의 주어는 나다. 엄마는 지금도 이날의 일을 얘기하며 웃는다. "엄마, 나 그때 진짜 무서웠다니까? 러시아 여행은 누가 보내준대도 안 가. 나빴어, 걔들." 진담 섞인 농담.

누군가에게는 최고의 항공사, 잊지 못할 여행지일지도 모를 아에로플로트와 모스크바여.

　아무튼, Удачи! 우다치! (행운을 빌어!)

프리다 칼로는
디에고 리베라를

예기치 못한 시련과 고통을 담대히 받아들이고 보란 듯이 이겨
내는 영웅적 서사 따위는 너무 촌스럽고 비현실적이라 이제는
히어로 무비에서도 이런 클리셰는 쓰이지 않는다. 마블의 주인
공들조차 방황하고 좌절하는 21세기에, 세상은 지나치게 고매한
무언가를 '한낱 인간에게' 기대하고 있는 게 아닐까.

　이겨내, 그 정도 고통은 아무것도 아니야.

어쩌면 이것은 절망의 기회조차 없는, 가진 자들이 만들어낸 신
화가 아닐런지. 감당할 수 없는 실패와 절망의 순간을 딛고 일어
선 여성들의 이야기는 새롭지 않아도 위대하고, 반전이 없어도
경이로우며, 작품 하나하나마다 가슴절절하다.

Frida y Diego, Casa azul (프리다와 디에고, 푸른 집). 프리다 칼
로의 생가. 동선이 꼬여도 포기할 수 없었다. 나는 여기 오기 위

해 하루를 투자하기로 했다. 새파랗게 칠해진 벽이 이렇게 뜨거울 수 있다니.

나는 그녀의 육체적 정신적 고통을 감히 상상할 수조차 없다. 강렬한 그녀의 그림은 그로테스크한 광기와 혼이 느껴지기도 하고, 설명할 수 없을 만큼 아름답기도 하다. 자기애와 자기혐오가 뒤섞인 자화상. 거울을 보며 내가 느끼는 이루 설명할 수 없는 감정들을 닮아서 일면 아프고, 일면 안쓰럽다.

멕시코를 대표하는 천재화가 디에고 리베라와의 결혼. 리베라는 그녀에게 사랑이자 증오, 희망이자 절망, 연인이자 적, 기쁨이자 고통이었고, 그녀가 평생 그림에 몰입할 수 있게 했던 이유이기도 했다. 모르겠다. 내가 어찌 헤아릴 수 있겠어, 그녀의 삶을.

산산조각 직전에 가까스로 살아남은 자는 다시 예전처럼 살아갈 수 있을까?

나는 작고 약하고 다친 여성들의 이야기를 너무 많이 알고 있다. 삶은 대체로 엉망이지만 이따금 반짝여서 살아낼 수 있는 값진 것. 하지만 세상이 누군가의 삶을 감히 엉망이게끔 만들 필요는 없지 않은가. 오늘도 가혹한 세상에서 버티고 나아가는 무수한 여성들을 생각한다. 부서지기 직전의 마음들이 연대해 위로하고 전진할 수 있기를. 칼로의 그림은 내게 위로이자 투지. 나는 그녀의 집에서 가슴에 뜨거운 무언가를 느끼며 한참동안 아무것도 할 수 없었다.

그녀가 남긴 유작의 제목처럼 Viva La Vida! (인생이여, 만세!)

길리에서
자전거 한바퀴,
사마사마

빠당바이에서 출발한 패스트 보트를 타고 2시간. 우리는 길리로 가고 있다. 발리와 롬복 사이 작은 섬, 길리 트라왕안. 날이 흐리고 비를 뿌리기 시작하더니 물결이 거세다. 배는 불안하게 출렁이고, 정체되어 있는 배 안의 공기는 유쾌하지 않다. 아기는 계속 울고, 여러 가지 언어가 공중을 떠돌다 휘발된다. 아, 견디기 힘드네. 더 이상 버티기 힘들겠다 싶을 때쯤 드디어 선착장에 입항했다. 뱃멀미는 없다고 생각했었는데 그동안 내가 운이 좋아 몰랐던 것뿐이로구나. 주섬주섬 정신과 짐을 챙겨 몸을 내린다.

비는 그쳤다. 빨리 들어가 쉬고 싶단 생각이 간절하다. 선착장 출구에서 나오자 길게 늘어선 치로모(말 마차)가 이제 막 입도한 여행자들을 맞고 있다. 마치 서울역 앞에서 승객을 기다리는 택시들처럼.

길리에는 자동차도 오토바이도 없다. 자전거와 마차가 유일한 교통수단. 섬이 크지 않기 때문이기도 하지만, 환경을 생각한다는 취지가 좋다. 그래도 제 무게의 몇 배나 되는 사람들과 짐을 싣고 왔다 갔다 하는 말의 일생이 안쓰러운 건 어쩔 수가 없다. 어떻게 살아가는 게 최선의 행복인지는 모를 일이지만.

길리에선 고양이만큼 흔한 게 어쩌면 거북이. 그대로 바다 속으로 몇 발자국 걸어 들어가 물속을 들여다보면 수초를 뜯는 거북이를 볼 수 있다. 시를 읽다 바다를 보다 거북이를 구경하다 맥주를 마시다 수영을 하다 낮잠을 자는 길리의 낮. 하루가 꽤 짧다.

넘실거림, 우리가 키스할 때 눈을 감는 건, 생경함, 취기, 말똥냄새, 부서지는 것들, 고양이, 자전거, 반짝거림.

이상 길리에서 내가 기록한 것들. 부유하는 것이 좋아서 자꾸만 여행을 택하는 사람이 되었나보다. 지금 이 장면, 여름을 담은 1월의 기억으로 오래도록 남겠구나. 가끔 그리워할 순간이 되겠구나. 눈으로 찍어 어딘가에 박제해두었다가 팍팍하고 지겨운 일상의 어느 틈에 꺼내 보리라.

섬의 테두리, 해안을 따라 페달을 밟는다. 쉬지 않고 힘차게 밟으면 1시간 안팎으로 충분히 한 바퀴를 돌아 원점으로 올 수 있지만, 우리는 부러 멈췄다 섰다를 반복한다. 햇살이 적당하고, 바람이 불고, 파도가 철썩이고, 사람들이 오가고, 때로 말과 마차가 지나간다. 피부에 와 닿는 공기의 감촉을 오래도록 기억해야지. 해가 질 무렵, 선셋 포인트라고 알려진 섬의 서쪽으로 향하는 길.

마부들이 각자의 말을 끌고 바다로 들어간다. 예닐곱 마리의 말들이 바다에서 목욕을 하고 있는 놀라운 광경. 한참을 바라보다 서둘러 다시 페달을 밟아본다.

오후 7시. 다홍색 해가 서서히 바다에 먹혀 사라지고, 하늘은 잠시 불타오를 듯하다가 이내 어둠에 자리를 내준다. 거리엔 하나둘 조명이 켜지고 저녁을 먹으러 나온 사람들로 낮과는 다른 느낌의 활력이 넘친다. 여기는 어디와도 닮지 않았다. 여기와 비슷한 곳은 없다. 길리는 그냥 길리.

길리의 밤은 자유다. 자유롭지만 방탕하지 않은 이 자유. 선착장 주변 라이브클럽에서는 매일 밤 라이브공연이 이어지고 사람들은 음악에 맞춰 춤을 추기 시작한다. Sama-sama(사마사마)라는 이름을 가진 레게클럽이 단연코 가장 인기다. 길리에서 레게음악이라니. 밴드의 음악에 맞춰 뚱딱뚱딱 발 박자를 구르고 어깨를 들썩이다 보면 심장박동마저 4분의 4박자인양 쿵쾅쿵쾅. 취기 탓인가, 왼손에 든 칵테일 잔도 박자에 맞춰 넘실넘실.

'사마사마'는 고맙습니다 뒤에 붙는 '천만에요'라는 뜻이란다. 고맙단 말을 하기도 전에 천만에요라니, 뭐랄까 되게 귀엽다. 이게 딱 길리의 느낌. 흥청흥청 긴장을 풀고 순수한 유희에 밤을 맡긴 사람들.

이 작은 섬에 닷새째 있다 보니 얼굴이 눈에 익고, 자꾸만 마주치는 사람들이 여럿이다. 우리 내일 또 스쳐갈 텐데 눈인사하자.

말하지 않아도 아는 게 있다. 고맙단 말 대신 그냥 웃어주는 걸로 충분히 느낄 수 있는 것. 사마사마!

삶은 여행하듯, 여행은 살아보듯

새로운 곳에서의 이튿날 아침. 숙소에서 간단한 아침 식사를 한
다. 빵과 버터, 주스와 커피. 꼭 해야 할 말처럼 단출한 메뉴. 오늘
뭐할까? 가볍지만 설레는 몇 마디를 나누고 우리는 새로운 도시
에 발을 들여 놓는다.

숙소의 문을 열고 숨을 들이쉬면 콧속 깊숙이 느껴지는 미지의
달콤함. 불안하지만 설레고 서먹하지만 두근거리는 시간들. 그
곳의 사람들과 그곳의 카페. 그곳의 식당과 그곳의 인사. 무엇보
다 그곳의 공기에 조금씩 익숙해지는 걸로 본격적인 여행이 시
작된다.

익숙해진다는 말은 어쩌면 참 기분 좋은 말이다. 사람에게든 물
건에게든 익숙해진다는 건, 서로에게 공들이고 관심가진 시간들
이 차곡차곡 거짓 없이 쌓여간다는 의미니까. 하지만 그 익숙함
이라는 연필의 다른 쪽 끝에는 당연함이라는 단어가 지우개처럼
붙어있다. 두려움과 불안함을 지우기도 하지만 설렘을 지우고
두근거림을 지운다. 익숙해진다는 건 그런 것.

여행이 고마운 건 그래서인지도 모른다. 서먹하고 어색한 것들

에 매순간 익숙해져가며 이미 익숙해져버린 수많은 것들에게 다시 설레게 되는 일. 여행이 아니라면, 불가능할 일.

약간의 돈과 카드 한 장. 사실 이거면 충분하잖아. 용기, 젊음, 패기, 열정. 우리는 짐과 함께 네댓 가지 신념들을 함께 꾸려.

여행의 날들이 길어질수록 짐을 싸고 푸는 게 일상처럼 계속되고, 짐을 싸는 것마저 짐스러운 날에는 시작했던 날의 넘치던 마음들을 떠올려본다. 무언가를 잔뜩 외쳐보고 그려보고 다짐했던 날들의 패기.

무한한 가능성이 있고 깃털처럼 자유롭지만 불확실성 앞에 아주 조금 두려워하며 짐을 꾸리던 그날의 패기. 어깨에 짊어진 50리터짜리 배낭으로는 도무지 담지 못할, 벅찬 그런 것들을.

어디에 가보고, 무엇을 해보고, 누군가를 만나보고,

먹어보고, 디뎌보고, 배워보고.

코딱지만 한 지구 안에서 그 세세한 리스트들은 어쩌나 많은지. 여행하기 위해 태어난 사람마냥 열심히 여행만 다녀도 죽기 전엔 다 해볼 수 있을까. 사실 내가 정말 바라는 건 어쩌면 이런 거일지도 모르겠다. 여행이 끝나고 난 후의 시간들이 허무와 인내의 시간으로 느껴지지 않는 것. 여행이 도피나 탈출이 아닌 것. 그냥 일상이 축제이고 여행이기를. 그걸 꿈꿔.

이제 그만 돌아가야겠다. 나의 집으로.

낯선 곳에서 굿모닝

어쩌면 당신이 꿈꾸었던 여행의 순간들

초판 1쇄 발행 2023년 5월 10일

지은이　신미정

편집　　이동은, 김주현, 성스레
미술　　강현희, 정세라
마케팅　사공성, 강승덕, 한은영
제작　　박장혁

발행처　북커스
발행인　정의선
이사　　전수현

출판등록 2018년 5월 16일 제406-2018-000054호
주소　　서울시 종로구 평창30길 10
전화　　02-394-5981~2(편집)　　031-955-6980(마케팅)
팩스　　031-955-6988

ISBN 979-11-90118-52-1　03810

• 북커스(BOOKERS)는 (주)음악세계의 임프린트입니다.
• 값은 뒤표지에 있습니다.
• 파본이나 잘못된 책은 구입하신 서점에서 교환해 드립니다.